d'aujourd'hui

collection dirigée par
Jane Sctrick

L'ARAIGNÉE D'EAU

MARCEL BÉALU

L'ARAIGNÉE D'EAU

Préface de
André Pieyre de Mandiargues

PHÉBUS

Illustration de couverture :
Jean-Marie Poumeyrol,
Les Appeaux (détail)

PRÉFACE

C'est un peu avant la fin de la guerre que je découvris les écrits de Marcel Béalu, et cette découverte me fut d'autant plus précieuse qu'elle me portait une sorte de confirmation de ce que j'avais moi-même essayé de produire en mon premier livre : Dans les années sordides. *Peu nombreux, nous étions quelques-uns, en ces temps-là, qui avions soif d'inactualité. Comme des romantiques attardés (ou trop tôt venus) dans un monde à l'éclairage sinistre, nous tentions de faire la nuit en nous et autour de nous pour offrir à la pensée une zone d'ombre où elle pût divaguer librement, nous étions avares des moindres bribes laissées à la mémoire par les rêves, nous nous enfoncions dans la rêverie aussi loin et aussi longtemps que possible. Ces rêves, ces rêveries, qui ont certainement nourri les œuvres initiales de Marcel Béalu avec autant de générosité que les miennes, reflétaient plus ou moins (malgré notre désir d'évasion) la couleur de l'époque. De là, je pense, un certain ton, à mi-chemin entre l'humour noir et la cruauté littéraire, dont l'une des meilleures réussites demeure assurément* Mémoires de l'ombre, *le premier recueil de ces curieux textes brefs auxquels s'est attaché le nom de Marcel Béalu. S'agissait-il, en ce livre qui fut publié au début de 1944, de petits contes (débarrassés de toute matière superflue) ou de poèmes en prose, il n'aurait pas été facile de le dire, et le choix de la catégorie, d'ailleurs, est sans importance. L'essentiel, à mon avis, est que ce livre (comme firent les suivants :* L'Expérience de la nuit *et* Journal d'un mort) *renouait avec le merveilleux romantique une liaison qui était à peu près interrompue et dont la plupart des contemporains se passaient très bien. Quelques-uns d'entre eux n'allaient-ils pas jusqu'à trouver moralement condamnable que l'on voulût regarder encore de ce côté-là !*

Le conte de l'Araignée d'eau, *ceux des* Messagers clandestins, *sont de la même espèce, et ils ont été composés à la même époque, puisque le premier est daté de la dernière année de la guerre. J'ai pour celui-là, je l'avoue, une admiration particulièrement vive. Il n'a jamais quitté mon souvenir depuis que je l'ai lu, et je le considère comme l'une des productions les plus achevées que nous ait données la littérature française dans le domaine fantastique. Plus que tout autre texte, sans doute, il est révélateur de l'étrange sensibilité et du singulier talent de Marcel Béalu. Dès le début :* Je me promenais innocemment – disons sans but – près de la rivière, quand une voix lointaine et comme venant du fond de l'eau m'arrêta, *le ton général de l'œuvre est posé par l'écrivain comme par un peintre ou un musicien, le lecteur est saisi. C'est le secret, je crois, de la littérature fantastique, que cette aptitude à saisir tout de suite le lecteur et à le mener tout naturellement avec soi jusque dans le climat du surnaturel. Les échecs, si nombreux en la matière, s'expliquent par la méconnaissance de pareil secret, dont Marcel Béalu fait usage avec tant d'aisance qu'il semble l'avoir reçu en naissant plutôt que s'être efforcé de l'acquérir. Dans la phrase que j'ai citée, c'est l'adverbe* innocemment, *surtout, qui m'enchante. Car l'indéniable cruauté des récits de Marcel Béalu s'allie toujours à un air d'innocence sans lequel l'autre nous toucherait moins; car l'innocence et la fièvre sont les deux plus puissants ressorts qui par l'écrivain soient mis en œuvre.* L'Araignée, *à ce double point de vue, est typique. Cette innocente promenade, qui si terriblement s'achève, est conduite, disons le mot, à la perfection (ajoutons que le conte fantastique n'a d'existence qu'autant qu'il est parfait). L'émotion à tel point se communique que le lecteur, à tête reposée, en vient à se demander s'il n'y a pas plus que du rêve dans cette histoire impossible, et si l'origine de tout cela ne se confond pas avec quelque réalité. Quant à la fièvre, sensible dès la première page, sa courbe jusqu'à la fin est ascendante, et par sa violence elle ordonne un dénouement qui ne peut être que tragique. Elle fait son chemin, dans la conscience du lecteur aussi, par les voies de la sensualité ou, comme on dit un peu trop facilement aujourd'hui, de l'érotisme. Sous ce rapport, je ne connais pas beaucoup de récits qui soient doués d'un charme aussi trouble et insinuant que* l'Araignée d'eau. *Quoique les limites de la décence y soient toujours respectées, ce petit ouvrage est l'un des plus immoraux que je sache; ce qui n'est pas, on s'en doute, pour nuire à mon admiration...*

Plus courts, les contes des Messagers clandestins *sont aussi moins élaborés, et leur intérêt principal est peut-*

être de se présenter comme des rêves ou comme des rêveries presque à l'état brut. Dans leur ensemble, à la suite de l'Araignée, *ils offrent un étonnant répertoire de visions fantastiques, inventées (ou notées) avec une aisance en vérité qui émerveille. La fantaisie est une sorte d'espace où la plupart des écrivains ont peine à progresser et s'essoufflent. Il est grand temps que l'on reconnaisse en Marcel Béalu l'un de ceux qui n'ont pas eu à s'efforcer pour y faire le plus beaux parcours, et qu'on le suive en ses explorations.*

ANDRÉ PIEYRE DE MANDIARGUES

L'ARAIGNÉE D'EAU

C'est parce que nous devons maintenant nous détourner de l'un pour aller à l'autre que l'un ne peut être à nous sans être un obstacle pour l'autre.

MAÎTRE ECKHART

Je me promenais innocemment – disons sans but – près de la rivière, quand une voix lointaine et comme venant du fond de l'eau m'arrêta. Le chant grêle et un peu aigu qu'elle modulait se détachait nettement sur le bourdonnement indéfini de la nature. Surpris, j'écartai les roseaux, me penchai. Il n'y avait, au-dessus de la nappe mouvante traversée d'un miroitement doré, qu'une de ces araignées aquatiques attirées par l'été hors de leur mystérieux habitacle. Elle allait et venait parmi la verte transparence. Et soudain, tandis que reprenait tout près, fragile et sonore à la fois, l'étrange suite de sons, je compris que cette araignée exprimait, par son chant presque humain, sa joie d'insecte.

Alors, dans la solitude nous entourant, il ne me parut pas ridicule de lui adresser la parole.

– Sais-tu qu'il manque peu de chose à ton chant pour que je m'en éprenne tout à fait ? lui dis-je mi-sérieux mi-badin. Avec une telle voix, ta place est dans le monde.

– Tire-moi d'abord d'ici, me répondit-elle, et tu verras comme je saurai te plaire.

Au risque d'un plongeon, j'attrapai la petite bête dont le contact humide et griffu me fit légèrement frémir.

Mais, à peine posée sur ma paume, il me sembla voir un minuscule visage poindre entre ses mandibules. Profondément touché par cet effort pour se rapprocher de mon espèce, pour, en quelque sorte, me ressembler, je lui promis de ne jamais la rejeter au vil milieu où le hasard l'avait fait naître.

Montrer tant de dispositions à s'évader de sa misérable condition méritait certes récompense !

– Oh ! oui, garde-moi, garde-moi !... dit-elle.

Et je n'éprouvais plus aucune répulsion à l'entendre parler ainsi. Prenant garde de ne pas l'écraser, je l'emportai. De temps à autre, elle reprenait sa chanson et de plus en plus j'en goûtais le charme.

En vue des maisons, elle se tut. Je renouai ma cravate, époussetai mon veston. Le chemin longeait un taillis et j'eus bonne envie d'y jeter l'insecte qui commençait à me chatouiller le creux de la main. Mais un attendrissement secret (ainsi qu'il m'arrive d'en avoir devant un caillou, un tronc d'arbre, une feuille, sentiment inavouable que je prends soin d'enfermer au plus caché de moi-même) me fit glisser dans ma poche l'araignée redevenue muette.

Un peu plus loin, je rencontrai l'un des rares habitants du village qui consentent encore à m'adresser la parole.

– Beau temps... dit-il avec l'air de vouloir développer cet intéressant préambule.

J'allais répondre évasivement, lorsque mon interlocuteur se mit à baragouiner : « Vous avez une araignée sur l'épaule ! »

Rougissant, je chassai d'une chiquenaude la bestiole. Mais, quand l'importun se fut éloigné, je la recherchai longuement, courbé jusqu'à terre et le désespoir au cœur. Enfin, je parvins à la retrouver. Quel bonheur ! elle ne paraissait pas avoir souffert de mon geste brutal.

Je cachai ma fragile amie dans un tiroir, avec trois brins d'herbe. Chaque fois que je me trouverais seul, il me serait loisible de la contempler.

De jour en jour, la petite bête tirée des eaux augmentait de volume. D'un noir rougeâtre, en son décor aquatique, elle se couvrait à présent d'un fin duvet argenté nuancé de rose. Les yeux de sa tête minuscule s'étaient agrandis. Plus rien de repoussant dans son aspect. N'eussent été sa mobilité et la surprenante chanson gonflant son abdomen, on pouvait la prendre, campée sur ses huit pattes, pour un curieux bijou ciselé posé sur ma table.

Un matin que j'étais comme envoûté par ce miracle, la porte s'ouvrit. Je ne peux rester un quart d'heure dans mon bureau sans que Catherine entre, sous le prétexte de ranger chose ou autre, de chercher un crayon, de me poser la question la plus absconse du mot croisé. Aussitôt l'araignée traversa la table, et ma femme, poussant un cri, courut s'emparer d'un balai. Lorsqu'elle revint, l'insecte avait déjà atteint les rideaux pour s'enfoncer dans les plis épais.

– Tu aurais dû l'écraser, me dit Catherine sur un ton de reproche.

– Oh ! tu sais combien ces sortes de choses me répugnent !

Et Catherine ne manqua pas de conclure avec une larme aux yeux :

– Araignée du matin, chagrin...

Quelques instants plus tard, lorsque je vis resurgir ma protégée grimpée le long de mon pantalon, l'ayant prise dans ma main, je fus un peu stupéfait de l'entendre dire :

– C'est une méchante femme !

Mais non, mais non... eus-je envie de répondre.

Je me contentai de murmurer : « Chut ! » et, afin de prévenir tout nouvel incident, j'allai la déposer dans un coin du grenier.

J'étais un peu agacé sans savoir pourquoi et je comptais bien qu'elle découvrirait un moyen de reprendre la clé des champs. Cependant, les jours suivants, je ne cessai de penser à elle, au point que le regard attentif de ma femme, chaque soir, me devint une véritable contrainte. Il y avait, maintenant, ce secret entre nous.

Comment raconter les faits dans leur simplicité ? La plupart des gens croient que le fin mot, le mot de la fin du mystère, c'est qu'il n'y a pas de mystère. Pourtant, à chacun de nous, un jour ou l'autre, le surnaturel se manifeste. Les uns n'y prennent garde, s'imaginant que l'événement n'est pas pour eux, parce qu'il ne correspond pas exactement à celui qu'ils attendaient. Pour beaucoup la mort arrive ainsi. Comment dire à Catherine que j'ai vécu trente-huit ans sans qu'il m'arrive rien et que, certain jour de ma trente-neuvième année, quelque chose est arrivé. Quelque chose que, sans doute, j'attendais.

Un soir qu'elle était allée voir une des pauvres femmes du village à qui elle prodigue ses soins, toujours vaguement obsédé par mon araignée, je rêvassais à la porte du jardin. Tout à coup, au-dessus de moi, comme venant de l'angle obscur de l'auvent, un chant s'éleva. Ce chant, je le reconnus immédiatement, presque effrayé par son ampleur, la profondeur et la sincérité de ses accents. Cette fois, à n'en pas douter, il sortait d'un organe humain.

– Est-ce toi, demandai-je, es-tu toujours là ?...

Un seul *oui* fut la réponse, mais prononcé avec une si ardente conviction que je regardai plusieurs fois autour de moi, étonné de n'y trouver personne. Heureusement, Catherine, quand elle revint, ne remarqua pas mon trouble.

Assailli par mille pensées, je m'endormis difficilement. Le lendemain matin, dès que ma femme serait sortie, je monterais au grenier.

A peine dans la pénombre, sous les charpentes, je vis une chose de teinte claire glisser à cinquante centimètres du sol, vers un amas de vieux chiffons. L'idée ne me vint pas qu'il pût s'agir d'un des chats que Catherine et moi collectionnions. Sans doute parce qu'il y avait eu un mouvement de fuite à mon approche, alors que ces bêtes familières accouraient toujours, au contraire.

– Ne crains rien, c'est moi, murmurai-je. Où es-tu ?

Et j'entendis la même voix que la veille me répondre :

– Bernard ! Je t'en prie, ne viens pas, ne viens pas encore...

Bien que bouleversé par l'angoisse de cette voix sourdant de l'ombre, j'approchai, poussé par la curiosité.

Un mouvement de panique se produisit sous le tas informe et je devinai qu'un être s'y dissimulait. Soulevant en partie les loques, il me sembla voir se recroqueviller deux membres gros comme des bras d'enfant et terminés de pieds minuscules. Puis je remarquai qu'ils étaient faits, en réalité, de quatre membres mal soudés encore deux par deux l'un à l'autre. Cet assemblage agité de tremblements était comme enveloppé, par places, d'une sorte de peau duveteuse. Je le recouvris hâtivement et je m'enfuis.

Plus tard, essayant d'analyser la crainte qui m'avait retenu de soulever entièrement le voile, je compris qu'elle venait des sources profondes de la pitié. A l'instant où m'était apparue dans sa nudité cette chair en gestation, j'avais été frappé de honte, comme si m'était révélé, contre mon gré, quelque repoussant secret interdit aux humains. A ce sentiment se mêlait non pas la peur d'un spectacle dépassant les degrés connus de l'horrible, mais plutôt l'appréhension du châtiment que devait impliquer le geste m'en rendant spectateur. C'était donc bien tout de même une sorte de lâcheté qui m'avait fait obéir à la supplication venue du corps informe. Je résolus d'attendre plusieurs jours avant de retourner au grenier.

Maintenant, ces deux êtres m'épiaient : Catherine et... l'autre. Quelle différence entre leurs présences ! Celle-là vidée de mystère, hérissée de défenses, de méfiance, m'excédant par son attention de toutes les minutes ; celle-ci m'emplissant par la nouveauté, l'ubiquité de son guet invisible, d'un trouble que je n'osais définir.

Je ne pouvais rester silencieux sans que ma femme

m'interrogeât aussitôt, et comment, sans gêne, lui répondre ? Dieu sait que jamais, malgré mes tumultueux désirs d'homme dans la force de l'âge, l'idée ne me serait venue de lui faire de la peine. Son affectueuse sollicitude suffisait à mes transports, et s'il m'avait fallu renouveler le bail qui nous unissait, sans hésitation j'en aurais signé pour une durée illimitée toutes les clauses.

La seule étrangeté des événements m'interdisait de les lui confier. Sa tendance à se méfier des divagations de mon esprit eût qualifié d'absurdes ces faits singuliers. Peut-être pas entièrement à tort. D'assimiler aux choses concrètes les phénomènes engendrés par mon imagination, je finissais par perdre l'exacte notion du réel.

Cette idée, du moins, m'assaillit lorsque l'un des soirs suivants, tandis que la nuit venait et que j'étais seul au jardin, le chant se fit de nouveau entendre dans le pommier près duquel je réfléchissais. Encore une fois je fus si surpris que l'envie me vint de courir rejoindre Catherine, comme l'enfant en faute se jette dans les bras qu'il redoute.

Certainement je devenais fou. Mais, pudiquement, « on » dut deviner ma pensée. Le chant se tut et peu après j'entendis dans un souffle :

– C'est moi, Bernard, ne bouge pas...

Et bientôt il me sembla qu'un visage, un vrai visage malgré sa fluidité et sa minceur, se coulait sur mon épaule comme s'il avait été suspendu aux branches basses. Alors, immobile par crainte qu'un rayon lunaire ne me révélât quelque hideur cachée de ce visage protégé par l'ombre, durant quelques secondes je distinguai, en tournant légèrement les yeux, au milieu de traits aussi imprécis qu'un halo, l'éclat d'un pâle regard noyé de ferveur.

A partir de ce soir-là, je ne pus faire un pas seul, hors de la maison, sans qu'un bruit insolite, un chant proche ou lointain, un mot, le toucher hésitant et brusque d'une main, me rappelle l'invisible présence. Non, ce mystérieux espionnage de mes réactions, de mes désirs, du son de ma voix, n'était pas divagations d'un cerveau malade. Cependant, plusieurs fois, vainement, je retournai en tremblant sous le pommier, au crépuscule.

Quand l'idée d'une seconde visite au grenier m'effleurait, je la chassais ainsi que quelque répugnante évocation. Au moindre bruit au-dessus de ma tête, sifflotant pour ne pas entendre, je feignais de me plonger dans mon travail.

– Écoute... disait Catherine avec sa hantise des rats.

Chère Catherine ! j'eusse aimé briser l'insupportable contrainte de ses éternels soupçons. Mais un seul mot d'elle, sur un certain ton, suffisait pour que je me crusse en faute ! Tout lui était prétexte, et particulièrement ce qu'elle ne comprenait pas, à forger des armes qui la blessaient avant de m'atteindre. Plutôt que d'éveiller son tourment, ne valait-il pas mieux continuer à me taire, comme si j'avais été coupable ?

D'ailleurs, comment parler maintenant sans risquer d'anéantir ce que j'espérais et redoutais avec la même ardeur ?

Un jour, perdu dans les recherches qui sont depuis de longues années le lot de mon existence, je m'entendis appeler faiblement et levai les yeux de ma table de travail. Appuyée contre le battant de la porte qui venait de silencieusement s'entrouvrir, une espèce de grande jeune fille souple, avec une toute petite tête aux traits attentifs, était penchée vers moi. Aussitôt je remarquai que ses pieds ne touchaient pas terre, qu'ils étaient comme agrippés au chambranle, à plus de cinquante centimètres du sol.

La curieuse créature, au même moment, parut se plier en deux, et je constatai que sa taille réelle ne dépassait pas celle d'un enfant de dix ans. Elle était maladroitement enveloppée de lambeaux au travers desquels des cheveux ou de la chair apparaissaient par endroits. De cet accoutrement sortaient le visage et deux bras grêles qui pendaient, comme incapables de mouvement. La figure, d'une étonnante régularité, semblait peinte.

Je dus balbutier, au comble de la stupéfaction, et le son de ma voix fit s'animer ce masque qui s'empourpra en se balançant drôlement d'une épaule à l'autre. Les lèvres remuèrent pour énoncer des paroles que la gorge se refusait sans doute à émettre, ainsi qu'il arrive dans le plus grand émoi. Puis, brusquement, l'apparition disparut, aspirée vers le plafond de la chambre contiguë. Quand je me précipitai, je pus seulement voir, par l'entrée de cette seconde pièce donnant sur le verger, les branches basses de l'arbre le plus proche encore agitées d'un tremblement.

En face d'une réalité que si souvent je m'étais plu à imaginer, et bien qu'elle se fût évanouie déjà, un indescriptible égarement fait d'enthousiasme et d'effroi s'empara de moi. Atterré, et à la fois délirant d'un bonheur inconnu, je sentais m'envahir la conscience de ma responsabilité. Catherine présente, je lui aurais crié l'événement, l'avènement, m'imaginant qu'elle n'eût point résisté à la pureté de ma joie, à son évidence. Heureusement, j'étais seul !

Les grandes passions commencent par un simulacre, danse avant le sacrifice. De l'instant où fut accomplie la métamorphose de ma fragile amie, je compris, non sans appréhension, qu'il m'allait falloir l'aimer véritablement. Devant cette très acceptable enfant des hommes qu'était devenue l'araignée d'eau, des sentiments, jusqu'alors feints, par pitié ou par jeu, s'emparèrent de moi d'autant plus fortement que, les ayant si longtemps simulés, je n'avais pas à les dissimuler.

La situation particulière des lieux favorisait notre complicité. Dans cette bâtisse en partie délabrée où nous habitions, Catherine et moi, sorte de camp retranché à quelques centaines de mètres du village, nous n'avions aménagé que deux pièces. Il eût été difficile de meubler les quatre étages, les communs, l'immense grenier, sans de coûteux travaux. Lorsque le temps m'interdisait de courir les taillis, je pouvais me dégourdir les jambes à travers les nombreuses chambres et corridors vides, du rez-de-chaussée au grenier. Cette zone pleine de recoins mystérieux, de placards jamais ouverts, de soubassements obscurs, rendait sinon facile, du moins possible, la double vie que sournoisement j'envisageais déjà.

Combien de fois prendrais-je désormais, en secret, le chemin du grenier, bondissant d'escalier en escalier, parcourant avec une joie sans cesse accrue couloirs et pièces désertes, pour arriver sous les combles où m'attendait, cachée à tous regards, ma petite bête faite fille ?

Qu'importait qu'elle fût belle ou laide, qu'importait à quelle catégorie ambiguë de l'échelle des êtres elle appartenait ! L'impression presque pénible de sa première apparition s'effaça rapidement. Une telle volonté, je veux dire une telle *innocence*, animait sa forme à peu près humaine que ses imperfections seraient passées inaperçues à des yeux plus clairvoyants. Bientôt je ne vis plus que la flamme de son regard, je n'entendis plus que le son de sa voix, je n'aspirai plus qu'à son bouleversant frôlement. Certes, il lui restait de ses origines une étrangeté, une sorte d'agilité surprenante, vingt réflexes inattendus, qui m'empêchaient d'oublier qu'elle n'appartenait pas à l'humaine descendance. Mais ces anomalies étaient peut-être le ferment le plus puissant d'un amour qui n'avait rien de commun avec la falote agitation habituellement cachée sous ce mot.

Chaque jour je la portais dans mes bras, amusé qu'elle fût si légère. Nous regardions la cime des arbres par les ouvertures béantes du toit. Dans cet espace empoussiéré qui laissait entrer le vent, elle disait :

– Le soleil, les feuilles...

Et chaque mot était l'écho d'une découverte si profonde qu'en l'entendant il me semblait redécouvrir le monde.

Elle disait encore, quand je la quittais : « Bernard ! tu vas t'en aller... » sur un tel ton que cette simple phrase m'attendrissait.

Dès le début, pour la baptiser, je lui fis choisir un nom, à l'aveuglette, sur le calendrier. Ce fut *Narcisse*. Recommençant l'expérience, son petit doigt désigna

Lydie. Afin de ne pas trahir le hasard, des deux vocables j'en fabriquai un troisième : *Nadie.* Nadie !... Déjà ce nom me possédait comme l'incompréhensible chanson qui m'avait, un jour, penché sur la rivière.

Trop rapidement, je me persuadais de cette fantastique existence, comme si elle eût été sœur ou fille de la mienne. Ne tirait-elle pas sa vitalité de ma foi en elle ? Peut-être qu'un simple doute eût suffi à l'anéantir. Mais comment douter d'une réalité dont je disposais, dès que j'étais seul ?

Plusieurs semaines s'écoulèrent et, grâce à cent prodiges, Catherine ne s'aperçut pas du changement survenu sous notre toit. La maison cachait Nadie comme un secret, mais il s'élevait entre ma femme et moi d'invisibles barrières. Ce cloisonnement de ma vie en compartiments où elle n'avait point accès augmentait un désarroi devant lequel je ne ressentais qu'impatience, la même impatience que m'inspiraient les pièces sombres où nous vivions, ces meubles, ces objets aux charmes taris, tandis que l'élément nouveau de mes jours se parait d'une sorte de délivrance, de tendresse légère et trouble, de mystérieuse excitation. Une simple séparation dont seul je connaissais la fragilité isolait ces domaines étrangers l'un à l'autre.

Pour gagner les combles, je n'attendais même plus que Catherine s'absentât. A pas de loup, m'évadant du bureau où elle me croyait enfermé, je montais près de Nadie.

Rien que de pur m'attirait. Mais, à travers l'adoration sans bornes de ce regard neuf, je protégeais l'éclosion d'une monstrueuse image de moi-même. La tension contagieuse de sa présence me rendait d'une extraordinaire loquacité. Je divaguais parfois en oubliant qu'elle m'écoutait. Centre où convergeaient ses aspirations, n'étais-je pas son dieu vivant, le créateur de cette fantasmagorie de formes, de sons et de couleurs s'animant autour d'elle. Elle ne se lassait pas de m'interroger, et je ne me lassais pas de lui répondre. Au-delà des limites de mon être, son seul pays au monde, commençait une autre planète qui ne l'intéressait pas. Ainsi chacune des minutes volées à la confiance de Catherine parachevait mon premier geste et ses conséquences.

L'étrange fille, ayant continué à se développer, montrait déjà tous les signes de l'adolescence, ce qui mêlait de l'inquiétude à mes souhaits d'un dénouement auquel j'aspirais sans vouloir l'envisager.

D'eux-mêmes, les faits allaient se précipiter. Un jour, je trouvai Catherine en grande discussion avec l'un des habitants du village. Il se plaignait des agissements de la « fille de la maison »... Ma femme protestait, sans comprendre, affirmant que nous n'avions personne à notre service. Mais le paysan s'entêtait dans ses affirmations.

Malgré l'embrouillamini de leurs propos, je compris rapidement que Nadie, probablement en sautant de branche en branche, se rendait chaque nuit au village, pour y commettre les larcins nécessaires à sa subsistance. Comment cette importante question n'avait-elle pas effleuré mon esprit plus tôt ?

Je ne laissai rien paraître de mon inquiétude, mais les yeux inquisiteurs du rustre auraient passé au travers des murs s'ils l'avaient pu ! Sans aucun doute, il se croyait dans la maison du diable. Après un débat de plus en plus confus, je parvins à le calmer. Quant à le décider à partir ! Je dus sortir mon portefeuille et, finalement, moi aussi élever la voix.

Aussitôt, Catherine, interloquée, me demandait des comptes :

– M'expliqueras-tu ?...

Je m'apprêtais à tout lui dire, lorsque, pour la première fois, m'apparut ce qu'avait d'inadmissible cette histoire d'araignée métamorphosée en créature humaine. Jamais Catherine n'y ajouterait foi ! Mon impuissance à la convaincre devenait une torture intérieure sans recours. Quand on découvre une vérité qui dépasse trop celle admise, il faut continuer à mentir pour ne pas avoir l'air d'un menteur.

Un court silence me permit de retrouver l'apparence du calme et j'inventai tout bonnement une fable, ou, plus justement, j'affublai de vraisemblance mes souvenirs : me promenant dans la forêt, quelques jours auparavant, j'avais rencontré et amené à la maison cette enfant vêtue de lambeaux et qui paraissait sans mémoire.

– Tu étais absente à ce moment... Je ne sais quelle crainte me retint de te présenter l'invitée à ton retour... Je la cachai dans le grenier, pour qu'elle y reposât quelques heures avant de repartir. Mais le soir vint sans que cette possibilité se présente, et le lendemain, quand je remontai chercher Nadie – c'est son nom – elle ne voulut pas s'en aller. J'étais très inquiet, car je n'osais plus maintenant t'avouer cette petite cachotterie...

Ici, malgré ces circonstances logiques, Catherine discerna l'embarras de mon récit, soupçonna le mensonge. Son visage était devenu pourpre. Il me sembla que l'indignation ou je ne sais quel autre sentiment d'amour-propre l'empêchait de parler. Sa mâchoire remuait bizarrement. Enfin, elle énonça quelques sons incompréhensibles, avant de s'effondrer sur le plancher. Je la traînai jusqu'au divan. Le mouvement ininterrompu de ses lèvres m'effrayait. Ses yeux grands ouverts ne me voyaient plus. Heureusement, j'eus l'idée de poser sur son front une serviette humide, et elle sombra dans une épaisse immobilité.

Longuement, j'écoutai son cœur, touchai son pouls. Elle dormait, comme assommée par une fatigue énorme. J'en profitai pour envisager avec plus de clarté la situation. Il me fallait maintenant m'en tenir à mon récit, d'ailleurs cohérent et, somme toute, simple transposition de la réalité. Que ma femme n'en ignorât plus le fait essentiel – la présence de Nadie dans la maison – me procurait un grand soulagement. Mais sa souffrance, dont je ne voulais admettre la cause, m'était intolérable.

Tout à coup sa voix resurgit du fond du sommeil. De longs silences hachaient ses phrases, bien qu'elle parlât sans effort, poursuivant lentement la même idée, ainsi qu'en un rêve obsédant :

– Les chats... c'était près de cette fille qu'ils voulaient me conduire...

Divagations ? Nullement. Nous avons toujours aimé les chats, Catherine et moi. Il y en avait au moins quatre dans la maison. Elle murmurait, à présent, d'une manière un peu théâtrale :

– Chut... Chuuuuut!...

Des larmes affluaient à ses yeux, tachaient son visage. J'appelai :

– Catherine! Catherine!...

Avec la crainte qu'elle ne perdît la raison, je secouai sa tête, ses épaules, comme pour la soutenir au bord d'un abîme. Son égarement me gagnait quand, toute sa lucidité revenue, d'une voix très calme, de sa voix normale, elle dit :

– Ainsi, tu as fait ça, Bernard, tu as osé amener une fille sous mon toit!...

Cette scène se renouvela plusieurs fois, les jours suivants, comme si le surnaturel introduit au fond d'un tiroir eût explosé, envahissant la maison d'une fumée opaque où nous nous débattions aveuglés.

Jaillirait-il hors des murs pour atteindre le village? Voici qu'un cercle d'inimitié nous entourait, nous déjà depuis longtemps hors du monde, l'un en face de l'autre, dans la grande salle silencieuse où nous mangions, dormions, nous aimant, nous haïssant – l'un en face de l'autre, mais non pas seuls, non plus seuls.

Était-ce encore vraiment moi, cet homme à la mâchoire serrée, parfois regardant furtivement sa femme comme, tout à l'heure, il épierait dans le sentier les maisons du hameau, avec la même crainte lâche au fond du regard?

Était-ce encore toujours Catherine, cette femme aux yeux fixes, au visage las, portant une bouchée à sa bouche – mais la fourchette refuse même cet effort; cette femme tout à coup dressée, traits changés, si brusquement dressée que la table se renverse; cette femme qui crie à présent, qui hurle : « Non, je ne veux pas!... non!

je ne veux pas... » puis s'affaisse avant que j'aie le temps d'intervenir ?

Je me penchais, la tête dans les épaules, redressais la table, ramassais les couverts, puis le corps inerte et lourd que je tirais péniblement jusqu'au lit bas, à l'autre bout de la pièce. A demi stupide, n'arrivant pas à me persuader de mon ignominie, je ne savais plus que me demander ce que tout cela voulait dire, et à quoi servent cris et larmes, puisque nous ne sommes pas libres d'aimer ou de ne plus aimer.

Nadie et sa vaste demeure ouvrant sur le ciel, ses dépendances de feuillage et d'oiseaux, m'étaient maintenant interdites. Mais je savais présent cet univers sauveur, caché comme un indestructible trésor dans une maison en flammes. Les après-midi, pour ne pas céder à l'envie de m'élancer vers lui, je fuyais, traversant à grandes enjambées le village, parcourant la forêt, toujours ramené comme instinctivement vers la rivière.

Catherine n'en tenant aucun compte, bientôt m'apparut l'inutilité d'un tel sacrifice. Elle se nourrissait désormais de son angoisse, la ravivant au gré du caprice comme une voluptueuse blessure. Chacun de mes pas au-dehors me rapprochait de *l'autre,* croyait-elle, l'imaginant partout hors de sa présence. Quand je rentrais harassé, aigri de ma privation, elle m'assaillait du lourd silence de ses rancœurs, silence vite rompu par des propos dont aucune retenue ne dissimulait plus la violence ni la haine.

Je soupçonnai bientôt ma femme d'avoir, surmontant sa répugnance, profité d'une de mes absences pour fureter partout et s'être enquise au grenier. Mais les sens subtils de celle qu'elle croyait sa rivale déjouèrent sans doute cette approche hostile. La disposition particulière de notre habitation favorisait fuites et détours. L'orée de la forêt enserrait de toutes parts le mur en ruine qui protégeait maigrement, d'un côté le verger en friche, de l'autre une étroite bande d'herbe et de mousse. Nous vivions presque de plain-pied avec les grands fûts couverts de lierre composant à notre asile une multiple enceinte. Quelques pas suffisaient pour être sous bois, protégé par les soupirs, les cris, les milliers d'appels sylvestres, obscurément complices de ma mystérieuse amie, que bien souvent moi-même j'avais dû confondre avec le sien.

Chacun des reproches de Catherine, chacune de ses injures me rejetaient dans les bras de Nadie au lieu de m'en éloigner. Elle versait de ses mains le poison qui transformait en passion violente ma tendresse.

Pourquoi aurais-je continué à me contraindre, puisque celle pour laquelle je m'imposais cette contrainte ne reconnaissait pas mes efforts ? J'en venais à me persuader, dans l'inconscient cabotinage d'une pensée avide de justification, que ma femme la première avait trahi notre confiance en me croyant capable de si basse tromperie.

Nadie n'avait éprouvé aucune inquiétude, comme si elle eût été certaine de mon retour. Je constatai aussi que je la regardais, après cette séparation, avec d'autres yeux. Son silence n'était-il qu'habileté ? Pressentait-elle le danger la menaçant ? Toujours est-il qu'elle se jeta dans ce combat inégal avec une hâte qui aurait pu gâcher sa victoire.

Jusqu'ici, quand mes mains touchaient les siennes et que la fièvre colorait ses joues, quand, au simple énoncé de mon nom, je voyais sa poitrine se décharger d'un soupir, j'avais cru aux manifestations d'un attachement purement animal.

– Que vais-je faire de toi ? lui répétais-je souvent, désireux d'apaiser sa ferveur naïve et comme inconsciente.

Mais aujourd'hui m'apparaissait, sans que je pusse en rejeter le signe, l'intensité d'aspirations précises et fraîchement écloses en elle. Sans doute est-ce pour cela qu'une sorte de pudeur nouvelle, ou d'effroi devant ce que trop aisément je pressentais, m'incitait à abréger ce tête-à-tête pourtant si longtemps attendu. Nous venions de prononcer quelques phrases n'ayant d'autre but que d'aider à nous *retrouver*, et je m'apprêtais à redescendre, après avoir posé sur son front l'affectueux baiser qui scellait chaque fois le secret de notre alliance. Mais quelque chose d'infiniment plus impérieux qu'à l'accoutumée me retint.

Pour la première fois, un trouble sensuel m'envahissait, à regarder ses yeux verts, sa figure tachetée de son, ses lèvres gonflées et curieusement mobiles. Elle était drôlement accroupie, de ses bras délicats entourant mes jambes dans une pose qu'elle affectionnait, de sa tête en broussaille couvrant mes genoux. Tout à coup rougissante, elle se redressa à demi, puis, écartant l'étoffe que ses seules épaules retenaient, me montra ses seins à peine enflés, tremblant de leur fragilité vivante.

– Les femmes sont-elles aussi belles que moi ?... dit-elle avec une effronterie forcée.

Et sans attendre ma réponse, dans une sorte de

confusion soudaine, elle s'effondrait, m'enveloppait, se coulait entre mes bras en murmurant d'une voix que je ne lui avais jamais entendue :

– Aime-moi...

Corps d'enfant animé des fureurs de la femme ! Comment résister à tant de moyens pour m'anéantir ? – car c'était de mon anéantissement qu'il s'agissait, malgré la trompeuse plénitude des premières étreintes. Je ne cherchais plus à donner un nom à cette chaleur, à cette fougue, à l'emportement de ce sang, qui n'avaient emprunté la forme de mon rêve que pour mieux répondre à son appel.

De joie, empruntant la rampe pour glisser d'étage en étage, je me faufilai au-dehors, rentrai par la porte du jardin. Catherine était sortie et j'en éprouvai un vif contentement. Mon visage éclatant du bonheur de mon crime n'aurait pu s'accommoder d'une confrontation immédiate avec son juge.

Peu après, je découvris quelques mots que ma femme avait griffonnés et laissés à ma vue : *Bernard, je sais où tu es en ce moment. Je ne veux plus supporter que cette fille détruise tout ce qu'il y a de noble en toi... Adieu !*

Ce billet parcouru hâtivement, comme on écoute une voix indifférente au milieu de pressantes préoccupations, je ne ressentis aucune inquiétude, mais – l'avouerai-je ? – un profond soulagement.

Je mangeai, me couchai, sans chercher à apaiser le tumulte délicieux que déchaînait en moi le seul fait d'être désormais seul avec Nadie. Et, dès le milieu de la nuit, ne pouvant davantage contenir mon désir, j'allai la rejoindre, somnambule que guidaient jusqu'au grenier les rais de la lune.

Le matin nous trouvait l'un à l'autre enlacés. Des oiseaux voletaient autour de notre réveil, hypocrites émissaires d'une tourmente apprêtant au loin ses traits de feu. Par dizaines, en mon absence, ils tenaient compagnie à la chère créature dont la présence les charmait. Ils pénétraient par les ouvertures du toit et c'était la palpitation de leurs ailes s'abattant sur les tuiles qui faisait se dresser l'oreille des chats, dans les pièces sonores et vides.

Le jour où je déverrouillai les portes et que Nadie, sa main tremblante dans la mienne, consentit à m'accompagner dans les profondeurs du rez-de-chaussée, cette meute ailée la suivit. La maison aurait ressemblé à une immense volière, si, vers les hauteurs du premier étage, ne s'était dressé le barrage imprévu des félins domestiques. Dans un seul claquement d'ailes, applaudissements d'invisibles démons, tous les oiseaux s'enfuirent.

J'ai dit que ma femme et moi avions pour les chats une tendresse particulière. Ceux que je trouvais abandonnés, même les plus sauvages, nous les adoptions. En les revoyant, à l'affût dans chaque encoignure ou venant se frôler en ronronnant à Nadie craintive, mes pensées se reportèrent vers Catherine.

Son absence allait bientôt peser sur chacun de mes gestes. Au sein des nuits, car des nuits et des jours passèrent après son départ, alors que Nadie dormait contre mon flanc, des larmes roulaient de mes joues sur les joues de ma fiancée-enfant, larmes dont elle resterait à jamais ignorante, comme si j'eusse voulu lui apprendre qu'il n'est bon de pleurer qu'en rêve. Et, cependant, c'était en même temps une douceur jamais connue que de toucher dans son sommeil ce corps tel un objet durci à quelque infernal brasier, bien que frais et vivant.

Il est des âmes qui dévorent ce qui les entoure, rien ne saurait empêcher, quand elles se rencontrent, qu'un incessant incendie ne crépite et rugisse. Peut-être la métamorphose de l'araignée d'eau n'avait-elle eu lieu que pour nous faire prendre conscience, à Catherine et à moi, de ce feu terrestre ?

Lorsque je m'efforçais de ramener au raisonnement le sombre lyrisme de mes pensées, elles inclinaient à l'avantage de l'absente, mais quand je m'abandonnais, désordre de délices, à ma solitude avec Nadie, le souvenir de ma femme s'éloignait, s'amenuisait comme le relief du sol au regard de l'aéronaute.

Quel qu'il fût, le choix me paraissait pareillement sacrilège. Écartelé entre ce poids, me tirant vers la terre, que représentaient Catherine, l'amour de Catherine, la souffrance de Catherine, et cet autre poids, me tirant vers le ciel, qu'étaient Nadie et son mystère, je n'arrivais cependant pas à concevoir comme une contradiction ces deux tendances.

Dans mon désir de les concilier, je me surprenais parfois à caresser Nadie endormie en balbutiant, au lieu du nom inventé pour elle, celui, plus profondément gravé en moi, de *Katie,* doux vocable émergeant de mon passé, lourd de tout un arriéré de tendresse pour l'épouse enfuie.

Quelle interdiction osions-nous braver pour que déjà nous enveloppât le treillis de la malédiction? Chaque soir, les habitants du village rôdaient autour de la maison. Une vitre volait-elle en éclats que je croyais entendre, avec le crépitement des cailloux lancés avec force, des ricanements hargneux se répercuter contre les murs. Certainement, tout cela se passait en songe, hors de moi. Mes faits et gestes se déroulaient comme au fond d'un abîme dont j'aurais renoncé à atteindre les bords.

Mon exaspération grandissante ne venait pas principalement de l'extérieur. Ces rappels du monde oublié, je les eusse méprisés avec orgueil, si l'anathème n'avait pris une force plus convaincante en m'interdisant la totalité de ma joie. N'aurais-je pas accepté, pour y parvenir, de vivre au sein des pires débordements, bravé le courroux de la terre et des cieux?

Mais c'était en elle que Nadie portait cette interdiction, et je dus, à ma grande surprise, après quelques jours seulement d'essais infructueux, me résoudre à le constater. Pendant que la vindicte du village environnait notre ivresse glacée, nous nous acharnions l'un contre l'autre à une possession qui s'avérait impossible.

Les ressacs de la volupté me soulevaient à chaque étreinte vers des sommets que j'étais seul à entrevoir. Sa sensualité, son ardeur à se rendre complice de mon émoi, n'empêchaient point que le sien n'eût lieu qu'en surface, n'atteignît pas les centres de son être. Le profond accord charnel dont l'épanouissement transfigure l'abjecte mêlée de l'homme et de la femme ne s'accomplissait pas entre Nadie et moi, à jamais lui serait inconnu. Sa nature lui en interdisait l'accès. Mais qu'elle en restât ignorante rendait atroce mon impuissance. Qu'elle fût condamnée à languir sur ce seuil, dont je m'exténuais à lui faire franchir les degrés, rendait insupportable mon propre plaisir.

Elle gardait sa pureté native, celle des bêtes. Puisqu'il existait en moi, lointain, enseveli, quelque chose pouvant s'accorder à cette faculté d'émotion, à cette candeur, j'aurais dû m'appliquer à le faire resurgir, au lieu de plier cette créature merveilleuse au moule étroit des passions humaines et de mes vices. Je l'aimais comme une simple femme, alors qu'il m'eût fallu inventer un univers nouveau pour elle, créer un objet devant chacun de ses désirs. Par paresse d'imagination, je la traînais dans ma boue, au lieu qu'elle m'entraînât dans son azur.

Parfois, cependant, nous pénétrions ensemble dans ce patrimoine où rien n'est dû à l'automatisme de l'habitude. Merveilleux héritage abandonné ! Toutes choses, dépouillées du revêtement plâtreux et lézardé de leurs appellations, m'apparaissaient dans leur nudité. Il n'y avait plus les arbres, la lumière, la table, les mains de Nadie, sa nuque, ses cheveux... mais des accords de formes et de couleurs, une immanence abstraite et cependant tangible que nulle expression ne peut décrire, que trahit toute élocution. Il n'y avait plus que la réalité proprement inexprimable que les mots cachent. Non pas Nadie, moi, les choses, mais une seule et même inexplicable existence. Le langage alors devenait chant sans autre signification que l'harmonie propre des sons.

J'accédais à cette innocence comme à une danse, mais avec tant de lourdeur qu'au moindre faux pas notre chute rendait chaque fois plus impossible toute tentative d'élan nouveau. Les paroles alors se confondaient, sur nos lèvres rapprochées, en un chuintement dérisoire.

Ces lieux et ce décor, où j'avais vécu avec Catherine, n'étaient pas à la mesure de Nadie, comme jamais les milliers de siècles écoulés ne seront à la mesure d'une seule seconde à venir. Elle m'en démontrait par sa seule présence l'inanité. Mais toute tentative de fuite nous était défendue. Le monde visible, solidement d'aplomb sur ses bases millénaires, ce monde qui n'accepte à aucun prix de perdre l'illusion flagrante de sa permanence, opposerait partout à ma nouvelle épouse son refus absolu.

Un jour qu'au mépris de toute prudence je m'aventurais à traverser le village, main crispée sur le bras de Nadie, je compris aux visages hilares, au rouge même de la honte couvrant mon propre front, qu'elle n'appartenait qu'à moi seul, qu'elle n'avait de charmes, de raisons d'être que pour moi. Quelle imprévoyance que de permettre à ces porcs de comparer ma frêle, ma douce, mon irréelle amie, à leurs pesantes compagnes !...

Me semblait-il, au retour des saisons, l'air s'emplissant de l'approche d'une grande fête, que les éléments s'apprêtaient, eux, à célébrer nos noces, bientôt haletant, désarmé, ce n'était plus la chanson imprévue du bonheur que j'écoutais, comme jadis penché sur l'eau dorée, mais le terrible cri des solstices. Étrange et rare plénitude, celle qui accorde le tumulte des éléments aux tempêtes intérieures, les gémissements des hautes branches et la chute des troncs fracassés au vent qui souffle entre les côtes, étreint le cœur, soulève le sang !

Clameur des morts entonnant le cantique des délivrés, palmes jetées sous le pas des nuages, plumes noires arrachées aux ailes des messagers célestes, un univers en révolte faisait retentir ses gonds, univers tout proche et infiniment lointain. Ne se préparait-il pas à me reprendre la proie que j'avais volée à la tendresse des eaux, ravie à l'affection du ciel, dérobée aux mille caprices du soleil et des feuilles ?

J'avais beau la presser contre moi comme la nuit porte l'oiseau endormi, chaleur douce tapie au creux dont il épouse la forme, déjà, à l'appel des puissances inconnues, elle s'évadait de cette prison tiède. Dans le silence et le désarroi me cernant de toutes parts, la voûte nocturne parcourue de fanfares, tressaillant sous un galop furieux, m'annonçait le retour de la triomphante solitude.

Vers cette époque, il semble que mes songes s'exercèrent à calquer mon agitation diurne, au point que j'en vins à perdre, peu à peu, le pouvoir de séparer nettement deux zones hantées par les images d'une même obsession.

Au lieu de voir le symbole de ma faiblesse dans l'incompréhension des autres, leur mépris m'apparaissait comme une cruelle iniquité. L'ignorance où j'étais du sort de Catherine ne devait pas être étrangère, non plus, à mes transports de fureur. Je méditai longuement une vengeance qui, je le croyais alors dans le paroxysme de ma colère, me rendrait justice.

Le jour de mon choix, les gens me verraient arriver

portant sur le dos un grand sac. D'en dessous, j'épie leurs regards, j'écoute leurs murmures :

– Tiens ! il n'a pas amené sa bossue aujourd'hui... Qu'a-t-il fait de son laideron ?

Mais l'on m'observe avec inquiétude. (A force d'imaginer vivement la scène, je finis par la vivre, une fois j'y assistai, dans le brumeux *no man's land* séparant les frontières du désir de celles de la réalisation, rêveur éveillé, spectateur halluciné que rien ne peut enlever à sa vision parce qu'elle n'est plus *vision* mais indubitable *réalité.)*

Dans le sac j'avais entassé pêle-mêle les matous, les minous chéris. Parvenu au centre de la place, de toute ma force j'en frappai le sol, de toute ma force, faisant tournoyer en l'air cette arme à surprises, je frappai et frappai encore. Quand il n'y a plus dans mon sac qu'une masse de poils et de griffes bien hurlante, bien remuante, quand ils sont tous enragés là-dedans, ayant retrouvé leur vraie nature, mes jolis félins doucereux, je leur rends la liberté, là, en plein sur la place.

A ce moment se produisait la chose la plus imprévue, la chose regrettable, la chose dont, vraisemblablement, il me faudra rendre compte. Parmi les gens affolés courant en tous sens, s'avançait soudain le seul être que j'eusse jamais aimé – ô certitude de cet instant ! – la seule femme au monde...

Elle approchait avec ses regards de pardon. Et vers elle se précipitait ma meute, à son visage se jetaient les museaux pleins de bave, c'était la tendre chair de son visage que déchiraient les griffes dont je n'étais plus maître, tandis que de ma gorge contractée ne jaillissait qu'un seul cri :

– Katie !

Quand je me retrouvai devant le visage de ma femme, meurtri, labouré, visage de mon amour terrestre brusquement recouvert de siècles, mais encore vivant, encore vivant, je ressentis un grand calme en même temps que m'envahissait l'étonnement d'un sentiment sans nom. Tout ce qui avait agité jusqu'ici mon âme se trouvait balayé par lui. Un courant d'air faisait battre les portes de la vaste bâtisse abandonnée où nous étions de retour.

Lorsque Catherine eut consenti au repos, j'allai retrouver Nadie qui jouait au jardin, cheveux épandus dans l'herbe. Ses traits avaient la transparence du souvenir. Masque fluide pareil à celui qui s'était glissé autrefois sur mon épaule, sous le pommier, mais qu'à présent je regardais sans honte et sans crainte.

Effondré l'échafaudage de ma révolte, le motif même de mon comportement je ne le comprenais plus. Le sens de cette agitation passée m'échappait comme d'un acte étranger. Katie était de retour ! N'était-ce pas un miracle ? Plus rien ne m'empêchait de considérer comme une victoire ce prodige : Catherine et Nadie, ombres sœurs, allant et venant autour de moi sans haine, seulement séparées par l'irrémédiable silence.

Cependant, le drame d'hier pouvait renaître, allait renaître. Mais il n'était plus qu'un combat de fantômes acharnés à se dépouiller de leurs oripeaux authentiques, survivance caricaturale, grimaces dernières d'un moribond.

Il ne s'agissait plus pour moi de choisir. Katie, Nadie, faces différentes d'un seul être. Je ne pouvais qu'appartenir, déchiré, à l'une ou à l'autre, puisque ni l'une ni l'autre ne pouvaient disparaître.

Quand le visage de ma femme retrouvait sa dureté, ses yeux leur froideur, ses lèvres leur reproche muet, je pensais : « Que m'importe son amour, s'il ressemble à de la haine ! » Mais peut-être justement était-ce parce que je le savais, ce masque haineux, le véritable visage de l'amour que je faiblissais devant lui.

Il advenait pourtant que, du tréfonds des nuits, me reprît le désir d'échapper à cet enlisement. Me dégageant de Catherine endormie, je montais les étages et le souffle froid des ténèbres achevait de raffermir ma volonté.

Nadie reposait sur une couche basse avec, pour seul compagnon, un rayon de lune. Je regardais longuement ses épaules, œufs luisants dans la pénombre. Paix soudaine, fondante comme un fruit, dont la dure émotion, sous mes entrailles, était le noyau ! Puis l'araignée devenue fille ouvrait les yeux, me regardait, et rapidement son corps, comme désarticulé par l'amour, enchevêtré au mien, nous nous éreintions à cette ancienne et épuisante galopade du plaisir qui n'avait toujours pour terme que le désenchantement.

Quand revenait l'aube, je me retrouvais seul, étendu au milieu d'incroyables débris poussiéreux, loques suspendues aux charpentes, écuelles renversées, meubles innommables. Les oiseaux pépiant sur le bord du toit, si je les eusse regardés avec plus d'attention, me seraient apparus non pas de plumes vivantes mais d'ouate peinte. D'un geste je faisais choir dans la cour ces jouets mécaniques. Pareillement des chats qui, hier encore, emplissaient de leurs miaulements tous les recoins : je les repoussais du pied, empaillés, en redescendant vers ma femme.

Un de ces matins à goût de feuilles sèches, je retrouvai le lit désert. Mais la voix de Katie me parvenait de loin comme dans une hallucination. Vite, je courais vers son appel, explorais les alentours, m'élançais vers cette voix enveloppée d'un infini de désolation.

Je ne la rejoignais qu'aux bords du canal où elle avançait d'un pas somnambulique, appelant :

– Bernard ! Bernard !...

– Je suis là !... criais-je.

Mais elle ne me reconnaissait pas. Je tournais autour d'elle, essayais d'entraver la force irrésistible qui la poussait. De temps en temps elle se penchait au-dessus des herbes où étincelaient de menues fleurs. Elle les interrogeait :

– Avez-vous vu Bernard ?

La même question, elle la jetait au ciel, épiant vers les branches une réponse. Puis à la surface de l'eau qu'elle contemplait longuement avant de reprendre sa marche.

Les rayons coupants du matin transperçaient le brouillard, recommençant à vêtir les choses de cet éclat extraordinaire qui ne dure que l'instant de leur réveil. Tout était immobile, sauf ces deux êtres voués jusqu'en ce lieu désert à la répétition d'un sempiternel mélodrame.

L'angoisse de voir surgir un promeneur me lancinait. Soudain, Catherine descendait l'un des étroits escaliers de pierre plongeant dans le canal. L'eau était d'une transparence inusitée. Catherine s'enfonçait lentement dans cette prison liquide. Bientôt sa voix qui continuait à m'appeler ne me parvenait plus que de très loin, comme si un couvercle de verre se fût refermé sur sa tête. Parvenue au fond, dont je distinguais nettement les dalles rongées de mousse, elle s'y allongeait, sans se préoccuper de ma présence. Et je la voyais maintenant étendue comme dans un grand cercueil de cristal.

Aucun moyen pour la tirer de là ! Ma crainte que quelque passant matinal ne survînt devenait insupportable. A mon tour, je criais, appelant de toutes mes forces :

– Katie ! Katie !

Des arguments naïfs ou bizarres me venaient pour la convaincre :

– Il fait froid sous cette eau, remonte vite, viens, Katie !

Elle finissait par m'entendre, ses yeux s'ouvraient (je les voyais aussi distinctement que sous une loupe) et elle me reconnaissait enfin. Mais aussitôt l'effroi recouvrait ses traits. Pauvre Catherine ! Comment la rejoindre ? Je voyais ses regards affolés. Et l'un et l'autre nous savions à présent qu'il y aurait toujours entre nous ce mur transparent, ce mur infranchissable.

Dès le réveil, la signification de certains rêves m'apparaissait avec une évidence telle, pour s'évanouir le jour venu, que je me demandais si elle n'était pas plutôt une prolongation des images du sommeil.

Autre caractéristique de l'étrangeté qui, insidieusement, s'emparait de ma vie : au milieu de situations sans recours (ma solitude avec Catherine, autrefois, puis celle avec Nadie, enfin ma tentative de les conserver l'une et l'autre... mais toute ma vie n'était-elle pas faite de ces situations ?) j'en venais à me dire : « Ne redoute pas d'aller plus loin encore, que risques-tu, que crains-tu ? *Tout à l'heure, ce sera le réveil.* »

Est-ce en rêve que vint le dernier jour ? Tandis qu'elle dormait, je me chargeai de Nadie. A peine soulevée, elle ouvrit les yeux – douce enfant ! – pour me sourire. Nous sortîmes, moi la portant, suivis très haut dans le ciel par un nuage d'oiseaux. J'essayai, pour ne pas être vu avec mon fardeau, de contourner le village. Mais aux abords de la première maison, sa tête, qui pendait hors de mes bras, reçut une pierre au-dessus de la nuque. Accélérant le pas, je me promis de régler définitivement, le lendemain, ma situation avec ces butors. Par chance aucun ne nous poursuivit et bientôt j'atteignis la rivière.

A voir inanimé cet être pour lequel j'avais tremblé de désir, tous mes sentiments resurgissaient, luttant contre la volonté farouche qui me poussait. Et je m'appliquai à la tirer de son évanouissement afin de contempler une dernière fois les rayons de la vie sur son visage.

Reposés à terre ses menus pieds, leur pas devint si léger qu'en fermant un peu les paupières j'eusse pu m'imaginer déjà être seul : ce bruit infime, n'est-ce pas une feuille qu'un souffle chasse ? Pourtant la décision était en moi, inexorable. L'instant de trancher ce nœud de chair et de sang approchait à chaque seconde nous éloignant du village.

Quelle lâcheté m'allait-il falloir inventer pour que

Nadie ne soupçonnât ma félonie ? Elle marchait si confiante, longeant le talus comme un chien fidèle. « A présent, me répétais-je à chaque pas, à présent, j'en ai le courage... »

Nous arrivions à proximité de l'endroit où je m'étais penché, jadis, pour tirer la petite fée aquatique du royaume qu'elle n'aurait jamais dû quitter. Ses yeux étaient pareils aux ronds de cuivre dansant entre les joncs. Jamais elle n'avait cru aussi vaste le monde, borné jusqu'ici pour elle à mon image. Un émerveillement sans limites les agrandissait. « Pardonne-moi... » murmurai-je pour moi seul, et ces mots me tordaient le cœur. Il me suffisait d'une toute petite poussée. Peut-être croirait-elle avoir glissé ?

– Adieu, Nadie !

Je ne sais si je criai ces mots. Mais ils retentissaient proférés par la terre entière et tout le ciel en répétait l'écho :

– Bernard !

L'une des mains frêles à la volée saisissait mes cheveux, l'une des jambes grêles s'accrochait aux miennes. Je tombais avec elle, je tombais. Devant mes yeux une gerbe de soleils tournoyait avant de s'immobiliser brusquement, clouée sur un mur noir. Un bourdonnement de cloches, d'abord lointaines et qui se rapprochaient avec la rapidité que met la perception des choses à renaître au bout de l'évanouissement, devenait bientôt le carillon d'un infernal hymen. Puis le silence – un silence d'au-delà du monde – recouvrait le bruit de notre chute, tandis que je sentais le corps qui m'étreignait se transformer, m'étouffer entre huit pattes griffues.

Alors s'ouvraient autour de nous des cercles de

ténèbres traversés de lueurs et j'entendais une face hideuse, collée à mes lèvres, claironner pour l'éternité le temps de l'épouvante.

LES MESSAGERS CLANDESTINS

SOLILOQUE D'UN VEUF

Je ne peux pas tout dire. Qui me comprendrait ? Dans la journée je vais, je viens, comme avant. Le surcroît de travail avec les clients, dans la boutique, sert de dérivatif à mes pensées. Les vivants sont faciles à vivre. Quelques formules suffisent pour se tirer d'affaire : *Oui, non, comment qu' ça va ? Bien l' bonjour à vot' dame, à la semaine prochaine !...* Mais c'est le soir, c'est la nuit que tout se complique. Les morts ont de drôles d'idées. Sait-on jamais exactement où ils veulent en venir ! Et le saurait-on qu'on ferait semblant de ne pas le savoir... Généralement, à cause de la fatigue, je m'endors sitôt couché. Il est plus de minuit quand je sors de ce premier sommeil. J'allume, je prends un livre. Au début, ce moment était le plus pénible. Maintenant il passe toujours avec une grande rapidité et je redoute davantage le suivant, vers les deux ou trois heures du matin.

La première fois je m'étais levé. Impossible de lire, de fumer même, d'entreprendre quoi que ce soit. Je pensais à elle. Pas tout à fait de la manière habituelle. Jusque-là, je m'étais efforcé de la revoir *morte.* C'est impossible. Imaginer mort un être qui vécut longtemps près de vous est impossible. J'essayai donc, cette nuit-là, de l'imaginer vivante, avec l'allure qu'elle avait. Que ferais-tu, me disais-je, si elle entrait à cet instant, dans cette pièce ? Bien entendu je me disais cela sans y croire, comme on s'avoue à soi-même certaines scélératesses. Mais la porte s'ouvrit doucement, exactement comme je venais de l'imaginer, et elle entra.

Je le répète : c'était la première fois. Mon visage dut refléter l'épouvante, car aussitôt elle porta un doigt à ses lèvres en me jetant un rapide regard qui voulait dire : *Chut !... Mon pauvre petit, je regrette beaucoup de te causer une telle peur... Oui, tu vois, je ne suis pas morte... du moins pas comme tu pourrais le croire... J'ai dû oublier quelque chose et il faut absolument que je le retrouve... absolument... N'aie pas peur... fais comme si je n'étais pas là... Je n'ai besoin de rien. A part ce que je cherche, je n'ai plus besoin de rien... Va te reposer, laisse-moi... je ne serai pas longtemps, je m'en irai tout de suite...* Tout cela, rien qu'en un rapide regard. Et bien plus encore ! Mais je ne peux pas tout dire. Je voulais seulement expliquer pourquoi mon effroi se calma presque immédiatement, pourquoi je n'eus pas un mot, pas un geste, pourquoi je la regardai, simplement, tandis qu'une voix en moi, une voix qu'elle ne pouvait pas entendre, s'époumonait à crier son nom.

Dans la journée, je vais, je viens, comme avant. Je n'ai rien dit à personne. Puisqu'on ne peut pas tout dire, à quoi bon ouvrir la bouche ? Je ne me contente pas de me taire, je cache même mon silence derrière les formules si pratiques pour continuer à vivre : *Mais oui, Madame... Bien sûr qu'on s'accoutume à tout !... Il le faut bien, allez !... Mes hommages à votre sœur...*

La nuit suivante, à la même heure, elle revint. Et chaque nuit, depuis. Elle ne s'occupe plus du tout de ma présence. Seule son obsession, visiblement, la guide. Je la suis partout dans la maison, comme si j'étais son ombre. Que puis-je faire d'autre ? Le plus pénible c'est de voir ses lèvres s'agiter constamment sans qu'aucun son n'en sorte, c'est de la voir marmonner sans relâche, pour elle seule, comme si j'étais un étranger. Est-ce parce que je parais ignorer ce qu'elle cherche ainsi, furetant dans tous les coins ? J'ai même été, pour mieux feindre cette ignorance, jusqu'à la supplier à genoux de me le dire, ce qu'elle cherche. Elle me regarde alors, les yeux vides, ou remplis de cette souffrance qu'elle emporte avec elle, à la fin de la nuit, n'ayant rien trouvé. Son mutisme m'accable au point de me poursuivre dans la journée. Entre deux occupations, je me réfugie alors devant son portrait qui est au-dessus de la table de nuit. *Ma pauvre petite, tu vois, comme tu avais tort de te faire de la bile tout le temps, toute la vie !... Ma pauvre petite !... et ça ne te suffit pas, tu n'as pas compris encore, tu continues à te tourmenter comme avant...* Je lui dis cela pour soulager un peu mes remords. Lorsqu'elle était encore vivante, j'avais tendance à lui dire le contraire, surtout les derniers temps, et à la faire travailler, la croyant bien plus robuste qu'elle n'était. Mais ce n'est pas cela que je devrais lui dire. Car je le sais ce qu'elle cherche. Comment ne l'aurais-je pas deviné dès les premières nuits, en la voyant sortir du fond d'un tiroir une petite brassière rose pareille à un manteau de poupée, puis la contempler longuement, toute secouée d'un rire qui n'empêchait pas les larmes d'inonder sa figure. Je ne connaissais pas cependant l'existence de ce vêtement minuscule, enfoui sous ses attifements à elle, ses parures intimes, ses broderies que je m'applique à conserver intactes. Elle avait dû le confectionner elle-même, en cachette, aux premiers temps de notre amour. Mais en le voyant je sus tout de suite que ce n'était pas pour moi qu'elle revenait chaque nuit, dans ma chambre, avec ses épaules rondes et douces frissonnant dans ses cheveux défaits.

Si la vie finissait au cimetière, tout serait simple !... Nous les vivants, on va, on vient, on dit *bonjour*, on dit *bonsoir*. On croit que ça suffit pour oublier et l'on oublie tout. Mais les morts, eux, n'oublient pas. J'ai souvent comme l'idée qu'il doit leur pousser une mémoire supplémentaire. Aucun instant du passé ne leur échappe. Et c'est pour nous rappeler justement celui que nous aurions tendance à oublier qu'ils nous assiègent la nuit de leurs remords, les morts – de leurs remords qui sont aussi les nôtres.

Quand après l'avoir recouverte d'un papier à dentelles (comme un gâteau, pensai-je alors, au milieu de mes larmes) on la mit dans sa boîte, je pleurai tant que je ne réfléchis pas à ces questions. Mais depuis trois mois j'ai eu le temps d'y répondre, ainsi qu'à quantité d'autres questions auxquelles je n'avais jamais pensé avant. Il faut perdre celle qui ne vivait que par vous pour comprendre la mort. Ah ! je savais bien que je la reverrais, j'en étais sûr ! Mais qu'elle revînt pour me dire *Chut !...* avec une telle atroce indifférence, et pour déranger tout dans la maison, elle qui avait un si grand souci de l'ordre ! et pour chercher si loin, si loin aussi dans le passé, elle qui ne parlait toujours que d'avenir !

C'est dans le jardin qu'elle s'en va fouiller maintenant, chaque nuit. Elle traverse directement la chambre, descend l'escalier, ouvre la porte, somnambule que rien ne peut réveiller. Elle tourne autour des plates-bandes, se penche parfois, gratte la terre... Je ne peux plus, je ne peux plus supporter de la voir ainsi. Pourquoi ne me le demande-t-elle pas, ce qu'elle cherche ?

On ne peut pas tout dire. Je me suis souvent interrogé pour savoir si les morts savaient ce qu'on ne peut pas dire. Oh ! je finirai par le lui trouver, moi, ce qu'elle cherche ! Il n'y a même que moi qui sache en quel coin du jardin... que moi qui pourrais le lui mettre dans les mains, ce qu'elle cherche !... Je suis las de la suivre, et de la voir, comme une pauvre bête égarée.

Je l'aimais trop, au début de notre amour, je n'aurais pas dû l'aimer tant ni la persuader qu'un enfant serait une entrave à notre bonheur. Si bien que nous n'en avons pas eu, d'enfant, ni à ce moment-là ni après. Et nous n'en aurons jamais maintenant, jamais. Croiriez-vous que c'est cela qu'elle cherche, un enfant pas encore né, à peine un fantôme, autant dire une idée ?

Oui, autant dire une idée, maintenant... Mais en ce temps-là, un peu plus qu'une idée, et tellement encombrant ! Son enfant ! Ha, ha !... et aussi le mien peut-être, allez-vous dire ?... C'était aux premiers temps de notre amour. Quand je vis cette chose noirâtre entre ses jambes, cette chose qui deviendrait un monsieur bien propre, rasé, portant cravate, un monsieur comme moi, ayant une opinion sur la politique et connaissant les formules en usage, et bien l' bonjour, et comment qu' ça va, et et cætera... Je le pris, l'enfant (je crois bien, d'ailleurs, qu'il était déjà mort)... Mais chuuut !... Quand j'aurai tout dit, j'irai me jeter dans le puits.

LE MONTREUR DE MARIONNETTES

Pour mieux nous attirer, le théâtre des marionnettes installait ses tréteaux près de l'école, à la sortie du village. Tandis que nos parents nous croyaient à l'étude, palpitants, nous assistions au merveilleux spectacle.

Remisé l'accessoire poussiéreux des Pierrot, Arlequin et Colombine ! De vrais personnages empruntés à la vie, tous habitués de la ville et du monde, s'animaient devant nous : la grande dame, le général, le juge de paix, la courtisane, la nièce du banquier et le banquier lui-même... Aucun, on le voit, des anodins fantoches consacrés par l'usage. Nous n'étions plus des marmots, que diable ! Et justement le Diable en personne, rajeuni comme il se doit, séduisant à l'extrême et portant cravate, faisait aussi partie de la troupe.

L'adresse de celui qui tenait les ficelles ajoutait beaucoup à notre illusion. Son talent ne se bornait point là : il écrivait les rôles et fabriquait de ses mains les interprètes. Que d'aventures édifiantes nous vécûmes, que d'émotions bouleversantes nous éprouvâmes devant la scène minuscule, à la clarté des chandelles ! Cœur lourd et tête légère, nous argumentions âprement et en cachette, au long des haies, sur le destin de chaque personnage.

Le montreur de marionnettes s'intéressait beaucoup à nos délibérations comme si notre conscience eût été un autre théâtre qu'il dirigeait aussi à sa guise. Quelques-uns des petits spectateurs échafaudaient cent projets d'évasion, impatients d'incarner *dans la vie* le héros de leur choix.

Dans la vie !... Ne devrait-on pas toujours de ces mots souligner la dérision ? Moi qu'une autre vocation indéniable préservait déjà, surtout m'intriguait la matière composant les visages des marionnettes.

Je me demandais quel artifice les rendait si expressifs. Au point que leur vue m'envahit d'une obsession et, bientôt, de l'épouvantable évidence. On sait que certains Indiens de l'Équateur confectionnent avec les têtes de leurs ennemis de curieux trophées de la grosseur du poing. Or, le cauteleux saltimbanque usait, pour le renouvellement de ses protagonistes, d'un procédé comportant davantage encore de maîtrise !

A chaque fin d'année scolaire, c'est sans que les victimes elles-mêmes s'en aperçussent qu'il leur décollait le chef. Je le compris plus tard, et à quel affreux guet-apens, par une grâce spéciale incompréhensible, j'avais échappé. Dans quelle éternelle inexistence étaient-ils condamnés à vaguer, ces fantômes décapités dont la tête, apprêtée et maquillée par les soins du monstrueux romanichel, continuait à s'agiter sous la clarté des chandelles, aux yeux toujours émerveillés de nouveaux innocents ?

LE FABRICANT DE RIDES

Comme je traversais l'une des petites rues avoisinant le boulevard, trois bustes alignés dans une vitrine me firent revenir sur mes pas. Ces trois bustes que j'avais crus mannequins d'étalage, étaient ceux de trois femmes assises. J'allais fuir leurs regards moqueurs, mais l'incompréhensible activité de ces ouvrières m'intrigua et, malgré la rougeur me montant au front, je les observai un instant. N'étaient-elles pas en montre pour retenir le passant, si rare qu'il fût?

Après avoir extirpé d'une quenouille accrochée à leurs chaises un fil aussi ténu qu'un cheveu, elles l'enchâssaient en sections menues, à l'aide d'une aiguille spéciale, dans un fragment de masque posé devant elles. L'une pratiquait ces curieuses incrustations sur un front, l'autre derrière une oreille, la troisième autour d'un nez ou dans le prolongement de deux lèvres. J'admirais la similitude de ces fragments cireux avec le derme humain, quand une impression analogue à celle qui m'avait incité, tout à l'heure, à revenir sur mes pas, un même je-ne-sais-quoi, me fit me pencher davantage. Et brusquement je me redressai pour échapper à une évidence horrible que ma raison se refusait d'admettre : entre les paupières fermées d'une de ces parties de visage éparses sur la table, derrière la vitre, un regard s'était glissé, hagard.

J'eus un pas pour fuir. Mais à ce moment l'enseigne, bien que restant solidement accrochée au-dessus de la porte, me tomba sous les yeux :

M. AZÉMAR
Fabricant de rides

Mon étonnement fut si grand qu'il l'emporta sur la prudence. Sans plus réfléchir, j'entrai dans la boutique. Aussitôt l'une des trois Parques, d'une voix vulgaire, lança une sorte de cri qui devait vouloir dire :

– Monsieur Azémar !

Mais la terminaison seule de ce mot ayant été respectée, on eût pu le prendre aussi bien pour zanzibar, samovar ou malabar. Immédiatement un petit homme, coiffé d'un melon gris clair, jaillit des profondeurs :

– Me voici !

Et, sur le ton de l'extrême ironie, il ajoutait à voix presque basse :

– Monsieur vient sans doute pour visiter ? Notre clientèle, Monsieur ne l'ignore pas, est exclusivement féminine...

Muet, je suivais le déplaisant bonhomme, dont les paroles, sans parvenir à me faire oublier l'impression d'horreur ressentie devant l'étalage, m'accompagnaient comme un lointain murmure.

– Les hommes sont seuls à vieillir, à se décrépir, à se rider (en preuve de cette assertion sa figure se plissa entièrement). Mais remarquez-le, et contrairement à l'opinion admise, les femmes en ont toutes également le désir...

Nous étions entrés dans une salle pleine de jeunes filles. Cessant leur froufroutant caquetage, ces péronnelles fixèrent leurs regards avec un respect anxieux sur M. Azémar.

– Voici mes clientes du jour. Jolies, n'est-ce pas ?... Et voyez comme ces fronts sont lisses, ces traits purs... Heureusement, un tour de main suffit pour changer ça.

Celles qui nous entouraient s'écrièrent en chœur, d'un même élan :

– Oh, oui ! Maître... Nous le voulons, Maître !

A ce moment un léger incident augmenta mon malaise. Comme l'une des demoiselles encombrait le passage, le Maître la repoussa d'un coup de pied au bas des reins. Sur le visage soumis de la victime passèrent furtivement la souffrance et la honte. Indigné j'allais m'insurger, mais le brutal, relevant du pouce son couvre-chef, me fit comprendre, par l'enthousiasme que ce dernier geste suscita, combien l'indignation était ici hors de saison.

Cambrant la taille, il m'entraînait dans la pièce voisine. Aux murs pendaient par paquets ces espèces de quenouilles déjà vues dans l'étalage.

– Sans doute, Monsieur, croyez-vous naïvement que les rides des femmes sont de minuscules sillons pareils à ces entailles plus ou moins profondes dont les années gratifient nos faces viriles ? Erreur ! elles sont de simples fils de soie savamment appliqués. Quelques amants le savent et connaissent le moyen d'enlever à volonté du visage aimé ces stigmates artificiels. On félicite ensuite les heureuses de leur éternelle jeunesse !

– Mes réserves sont inépuisables, reprit M. Azémar

après un silence. Approchez, Monsieur, regardez, touchez !... Quelle finesse, hein ! quelle douceur ont ces rides ! Nous en avons pour tous les usages : la ride des soucis ménagers, des ennuis mondains, des peines de cœur ; celle qui indique, sans erreur possible, un vice secret, une tare, ou simplement un péché de jeunesse ; la ride la plus épaisse, celle de l'envie ; et la plus fine, si fine qu'elle en est souvent invisible, celle du remords, etc. Et toutes, remarquez-le bien, Monsieur, toutes accentuent merveilleusement, comme il convient, le vieillissement.

Nous avions traversé un atelier où de nombreuses ouvrières, derrière une longue table, s'affairaient à la même besogne que les trois en vitrine. Puis, dans une salle un peu plus obscure que les précédentes, je finis par distinguer un défilé de vieilles dames devant les guichets.

– Et voici mes clientes après leur transformation !... Regardez de près, Monsieur, croyez-vous que c'est de la belle ouvrage !

Ce disant, mon cicerone avait posé sa grosse patte sur la tête d'une de ses clientes pour la faire pivoter vers moi. Mais une main preste lui claqua au visage. Et je remarquai que M. Azémar perdait un peu de sa suffisance du début, comme si lui venait un doute sur la nécessité de son industrie. Quoi ! ces luronnes, qu'il avait servies avec une probité professionnelle rare, ne lui manifestaient que haineuse indifférence !

– Ingratitude des femmes !... bougonna-t-il en m'entraînant vers la boutique.

Nous y arrivâmes comme les trois commères de la devanture achevaient leur ouvrage. Les fragments de visage qu'elles avaient si minutieusement incrustés de rides se rassemblaient entre leurs mains. Et je reconnus, presque sans surprise, tant venaient de reculer les bornes de mon étonnement, vieillie de vingt ans, l'une de mes plus récentes maîtresses.

Alors, sans attendre qu'elle eût retrouvé son corps, je m'enfuis sous l'œil cette fois franchement narquois des trois bustes, tandis que la voix de M. Azémar, ayant recouvré sa superbe, insistait encore :

– Vous n'avez pas vu, Monsieur, toute la perfection, le fini de ce travail?...

La prairie se peuplait d'une ronde indécise portée par les brumes du matin, ombres si légères que leur farandole semblait participer de l'enfantement du jour. Elles approchaient, s'éloignaient avec grâce, et chacune soulevait comme en cachette de sa voisine le voile cachant ses traits. C'était une succession de merveilleux visages chacun solennellement porteur de son unique beauté, enfantins sourires, graves et candides regards, fronts fermés sous les tresses telle une cassette sous des épis, et tous aimables, tous complices, tous paraissant dire : *Regarde ! C'est pour toi que je suis si joli.*

Comment aurais-je fait un choix, défait cette guirlande ? Surpris et joyeux, je la laissais s'enrouler à mon cœur. Non sans remarquer toutefois qu'une des formes dansantes, en se faufilant derrière les autres, repassait plusieurs fois devant moi comme pour mieux me voir en se dérobant.

Déjà montait le soleil. Agrandie aux confins de la prairie se précisait la ronde. Ombres jeunes filles par l'ardeur du jeu devenues enfin elles-mêmes, semant les oripeaux du brouillard, ses foulards, ses ceintures, dénouant leurs cheveux pour s'élancer en des robes à présent nettement dessinées sur l'azur ! Et chacune avant de reprendre son envol s'attardait, toujours comme en secret, devant moi.

Mais il me semble qu'elles ne soient plus les mêmes et cependant c'est toujours la même ronde. On dirait que d'invisibles torches les ont frôlées, enflammant leurs joues, rendant presque insoutenable l'éclat de leurs yeux. Je regardais soudain immobile et mes doigts tremblaient.

L'une me montrait son épaule pareille à un galet blanc, l'autre baissant le front cachait son rire dans ses cheveux, mais je voyais luire au travers les pommes roses de ses seins, celle-ci écartait l'échancrure de son vêtement en un triangle renversé que rongeait à sa pointe une écume fauve, et celle-là, précieuse, comme elle m'eût découvert un trésor, relevait sa robe en la roulant pour la maintenir sous son menton. Certaines faisaient ressortir le renflement de leur hanche ou se dressaient sur leurs petits pieds et, tournant à demi un torse élastique, ressemblaient aux jeunes érables dans le reflet des rivières. Il en était de brunes ainsi que des amandes sèches et de blanches, grappes de fleurs en l'air suspendues.

La plupart se livraient à mes regards presque religieusement, quelques-unes dans une hâte pleine de confiance ou une audace un peu craintive, mais leurs gestes les plus impudiques restaient empreints de noblesse et m'envahissaient d'un émerveillement toujours renouvelé. Pourtant, quand s'éloignant elles allaient disparaître, je me souvins – perception aiguë –

que l'une d'entre elles s'était glissée encore une fois derrière les autres, rapide et comme honteuse, sans se découvrir ni démasquer son visage.

La ronde s'élargissant aux limites de l'horizon, brusquement le soleil déclina, ses rayons vacillèrent comme ceux d'une chandelle et la prairie parut se disjoindre. Était-ce déjà le soir ? Les lointains tout à coup rapprochés se redressèrent en un décor dérisoire d'herbe et de fleurs peintes. Évanoui le frémissement brûlant de l'espace, de la lumière, du mouvement, j'étais enfermé entre les quatre pans d'une salle basse sous des banderoles de carnaval.

Devant le canapé poussiéreux où je me morfondais, accablé, la ronde à nouveau revenait. Et quelle ronde ! Pitoyable défilé de femmes au maquillage grimaçant, les unes attifées des pauvres déguisements d'une débauche sans envergure, les autres entièrement nues et plus immondes encore. Non ! quoi que répétât près de moi l'écho d'une voix boueuse : je n'avais plus le choix ! Frissonnant je me levais pour fuir quand j'aperçus, derrière l'étalage des chairs fatiguées, une créature voilée qui se cachait, furtive.

Ainsi ne manquait pas même l'élément de mystère à cette parodie. Sans croire moins repoussante que ses compagnes la fille trop discrète, mais souhaitant presque, par une sorte de dépit imbécile, qu'elle fût pire, je pensai : *c'est elle que je veux...* Et je dus le crier sans m'en rendre compte car, aussitôt, toutes disparaissant avec la maquerelle me laissèrent seul devant la seule des ombres survivant à mon rêve.

Je l'emmenai à travers les rues où s'agitaient des lueurs. L'énorme bâtisse que nous contournions ressemblait à la Bibliothèque Nationale autour de laquelle tant de fois j'avais traîné mes pas. J'étais bien revenu sur terre, en pays connu. Hâtivement nous longeâmes la rue Richelieu, parvînmes au Palais-Royal, et longtemps, longtemps, errâmes dans les ruelles presque inextricables du quartier.

Ce toucher d'une main réticente et craintive encore me donnait l'illusion d'être entré dans la ronde moi aussi, espacée aux dimensions de la nuit. Les nuées folles poursuivies par la lune au-dessus des toits n'étaient-elles pas les mêmes ombres qui se levaient sur la prairie, à l'aube? Elles n'avaient pris un instant la plus ravissante des formes humaines que pour mieux m'entraîner dans une sarabande sidérale qui n'aurait plus de fin.

Sans aucun doute si je m'avisais d'en soulever le voile, le visage de celle dont les pas se mêlaient aux miens m'apparaîtrait hideux comme celui des Lamies lorsque, renonçant à leur forme terrestre, il éclate de bestialité triomphante. Mais je me gardais bien de rompre, d'un geste ou d'un mot, les effets de cet envoûtement, attendant qu'ils s'évanouissent d'eux-mêmes ainsi que s'envolent sur le chemin du retour les derniers serpentins de la fête.

Invariablement ramenés vers l'entrée du jardin prisonnier, nous fûmes finalement happés par la voûte basse de l'escalier conduisant à son retrait. Les grilles étaient ouvertes. Peut-être le gardien avait-il prévu notre visite ? Peut-être n'étions-nous pas si abandonnés que j'avais pu le croire ?

La fraîcheur des arbres eut vite dissipé en moi les dernières vapeurs du rêve. Si l'heure était incertaine, je déambulais effectivement dans un des quartiers de Paris, au bras d'une fille dont le tarif m'était approximativement connu. Comme m'était connu malgré ses airs d'oasis mystérieuse ce jardin où tant de fois j'étais venu m'asseoir, connu malgré ses airs de vasque ensorcelée le bassin sur lequel nous nous penchions, et connue aussi, tellement connue – malgré ses airs fanfarons et tragiques dans le miroir transi qui la reflétait – ma figure !

Cependant, apportant un immédiat démenti à ces certitudes, prouvant une fois de plus que le pire de ses tours la raison me le joue quand je m'apprête à croire en elle, à ce moment même, dans le bassin lavé par la lune, je vis l'ombre près de la mienne lever lentement les bras et me révéler son visage.

LE MORT DE LA CHAMBRE

J'étais sorti de la ville à grands pas silencieux. La grille ornée de figurines rongées par le temps s'ouvrit sans grincement et j'avançai dans les allées que peuplait l'ombre. Il n'était pas minuit quand je les rencontrai, Flora, Élise et puis Chantal, près du bassin au jet tari. Les deux premières me prirent la main tandis que la troisième, un doigt sur les lèvres, menait notre trio sans voix.

Seuls de longs soupirs et parfois un sanglot contenu me rappelaient la présence des trois jeunes femmes. Bientôt je devinai que des larmes ruisselaient sans arrêt sur leur visage. L'une, en tombant sur ma main, me tira de l'hébétude. J'allais ouvrir la bouche, parler, ne fût-ce que pour entendre l'écho de ma propre voix, mais le tunnel des branches s'écartait enfin et la masse sombre d'une bâtisse apparut.

Quand nous entrâmes, il me sembla que la porte en se refermant, troublant pour la première fois le silence, frappait les chambranles avec un bruit d'enfer.

Lorsqu'une faible lumière eut rendu distinctes les choses, je les reconnus sans le moindre étonnement.

Mais cet escalier, ces deux lampes voilées et ce miroir, enfin ce vêtement suspendu, en quel compartiment secret de ma mémoire étaient-ils enfermés pour que je ne sache pas à quels lieux les attribuer.

Nous traversâmes des pièces désertes et partout j'éprouvai ce même manque de surprise, en même temps que la conscience d'un bonheur que je n'osais définir. Parmi tant d'abandon restait en suspens comme une secrète palpitation. Il n'y avait pas de housses sur les fauteuils, un livre était ouvert près de la bibliothèque et le contenu d'un cendrier attestait une présence proche ou d'hier.

Je m'attendais à voir Flora frapper de l'index replié la dernière porte, mais il n'en fut rien. Avant d'ouvrir, essuyant ses larmes, elle chercha dans mon regard une ultime exhortation tandis que, mollement appuyées à mes bras, ses deux compagnes retardaient encore l'instant qui allait venir, que rien n'empêcherait plus de venir.

Dans la pièce où nous pénétrâmes, l'imprévu du spectacle, cette fois, me saisit. C'était la chambre d'un mort. De la forme roide étendue là, au centre de ces quatre murs blanchis, je ne distinguais pas le visage. Cependant, par respect pour mes nocturnes amies (dont les noms m'étaient déjà chers bien que personne en cette vie ne les eût prononcés devant moi), je m'agenouillai comme elles, la tête au creux des mains.

Quand je relevai le front, un froid subit, conscience soudaine du temps, avait déplacé notre recueillement. Les trois jeunes femmes me regardaient, et dans leurs yeux à présent vides de pleurs se lisait une profonde, une débordante pitié. Enfin, se levant, maternelles et filiales à la fois, l'une passa lentement les doigts sur mes cheveux, l'autre me pressa les mains, la dernière me donna un baiser. Et toutes les trois, qui maintenaient le charme un peu mystérieux dont je subissais l'emprise, toutes les trois s'éloignèrent silencieusement.

Où étais-je ? A quoi tout cela ressemblait-il ?... Je fis trois pas dans la direction du lit. Le bizarre de cette confrontation solitaire avec un mort inconnu ne m'apparaissait pas encore. Dans cette chambre où je me souvenais d'avoir vécu sans me rappeler une seule époque de ma vie qui coïncidât avec ce souvenir, j'avançais, non mû par la curiosité mais par une force indépendante de ma volonté, littéralement attiré.

Heureusement, nul ne fut témoin de mon expression quand je vis la figure du mort ! Une indicible terreur s'était emparée de moi, j'entendais distinctement s'entrechoquer mes mâchoires tandis que mes yeux restaient rivés à cette face immobile : Le mort de la chambre, c'était moi ! ce visage glacé, trait pour trait, était le mien.

Merci à Dieu de m'avoir préservé de la folie ! Hors des frontières du possible, mes pensées parcouraient un monde interdit. Derrière chaque chose un univers étincelait dont j'avais dorénavant la clé. La terre pouvait se refermer.

Combien de temps restai-je affaissé, n'osant un geste ? Peu à peu, j'en arrivai à m'être cru le jouet d'une illusion. Cette idée me soutint pour ramper jusqu'à la porte que je franchis d'un bond, mais sitôt dehors, je m'écroulai dans l'herbe.

J'eus l'impression de pleinement renaître à la vie véritable lorsqu'une voix me fit entendre pour la première fois depuis la veille, et il me semblait aussi pour la première fois au monde, le chant harmonieux des paroles. Me levant à demi, je regardai s'asseoir près de moi Chantal, la plus blanche de mes sœurs. Car n'étaient-elles pas véritablement mes sœurs, ces trois adorables créatures que j'avais vues versant de si brûlantes larmes sur ma propre mort ?

J'en aurais douté encore que les quelques phrases, au secret connu de nous seuls, qu'à cet instant nous échangeâmes, eussent achevé de me convaincre. Malgré mon désir de prolonger un entretien où l'amour m'apparut lavé de toute poussière, bientôt Chantal me quittait.

– Avant la nuit, me dit-elle, il me faut retourner au couvent...

Comment avais-je pu oublier ses vœux de jadis ! Seul, je traversai la pelouse et m'enfonçai sous la futaie. Au bord du bassin, malgré l'obscurité encore dense, je reconnus Flora, si brune aux mains légères. Nous conversâmes un long moment et je la tenais enlacée. Qu'elle était belle ! Que de grâce et de noblesse avait sa voix aux inflexions graves ! Avant de me quitter elle me parla de ses enfants, de son mari. Étais-je sot de les avoir oubliés !

– Je dois rentrer avant le jour, me dit-elle, et voici l'aube.

En effet, la nature prenait déjà l'aspect fantasmagorique de l'aurore. Il semble qu'à peine sortie du chaos elle appartienne à un monde intermédiaire et informe. De nouveau seul, je marchai jusqu'à la grille où m'attendait Élise. Nous n'échangeâmes que quelques mots, mais je pressai longuement ses mains et couvris avidement son front de baisers. Quand le jour se leva, je vis que ses cheveux étaient blancs et que deux sillons marquaient son visage. Avant de s'enfuir elle prononça lentement :

– Il me faut aller retrouver mon frère...

A ces mots je frémis et, le cœur envahi de tristesse, je revins à grands pas silencieux vers la ville.

LE NOM

En approchant de mon armoire, ce soir-là, je vis dans la glace venir l'image d'une jeune fille. Son sourire était triste et ses deux petites mains flottant comme des oiseaux devant son visage semblaient vouloir écarter le transparent réseau qui la tenait captive. Me croyant devenu fou, je fermai les yeux avant de me pencher une nouvelle fois sur le miroir. L'inconnue était toujours là, emprisonnée dans la fixité de l'étain. Alors, empoignant un objet à portée de ma main, je le lançai contre l'infranchissable cloison qui se brisa dans un bruit à réveiller le quartier.

Tiré de cet enchantement, je me levai. L'armoire se dressait à la place habituelle, avec sa glace intacte. Mais des cris, un bruit de lutte, montaient de la rue aux fenêtres ouvertes sur la nuit. Et j'eus conscience que ces cris à l'extérieur, mon réveil en sursaut et mon rêve, constituaient les données d'un problème dont je devais trouver la clef.

M'habillant en hâte je m'élançai au-dehors. La rue n'avait pas son aspect ordinaire : l'annuelle fête foraine y finissait d'installer ses tréteaux. Le tumulte entendu de ma chambre émanait d'une baraque violemment éclairée où trois bonimenteurs gesticulaient. Dans les flonflons des manèges et la pétarade des tirs je me dirigeai vers sa façade ornée de glaces qui multipliaient les flammes de l'acétylène, et, mêlé à la foule, je fus happé par cette gueule flamboyante à l'intérieur de laquelle régnaient silence et pénombre.

Au centre d'une minuscule piste, un personnage vêtu de paillettes se mouvait autour d'une forme blanche. Mes yeux s'habituant à l'obscurité, je constatai bientôt que cette silhouette immobile était celle d'une jeune femme entièrement nue. Malgré le sourire comme surajouté à son visage, elle paraissait plongée dans un sommeil hypnotique. Que cette créature adorable fût ainsi exposée en pâture au public vulgaire n'était pas sans me surprendre. J'entendais des ricanements, je voyais une satisfaction abjecte se peindre sur des faces bestiales.

Soudain, réclamant l'attention générale, le montreur leva ses ridicules manches de clown comme pour chercher sur le front de la femme un invisible déclic. Et brusquement, du même geste que le boucher découd de haut en bas sa victime, il eut un mouvement rapide. Je poussai un cri d'horreur : la femme était toujours debout, au centre de la piste, mais écorchée de la tête aux pieds. Épouvanté devant les tressauts de cette statue sanguinolente, je m'enfuis, tandis qu'un gros rire secouait la foule.

Il semblait que le sinistre illusionniste m'eût, à moi aussi, mis les nerfs à vif. Même l'apaisante fraîcheur nocturne ne réussit point à me calmer. Poussant une porte, dans l'espoir de je ne sais quel réconfort, je m'aperçus au bout d'un instant que je venais de pénétrer dans le plus banal des lieux de débauche. Musique à faire danser les morts, rires atroces, plâtre sur les visages !... Mais à peine m'étais-je assis, terrassé par la fatigue et le dégoût, que m'apparut enfin la jeune fille – la même ! – que j'avais vue en rêve.

Elle était rose et se penchait comme une fleur vraie dans un bouquet de fleurs artificielles. Et de la revoir là, bien que sans me rappeler son nom, je la reconnaissais comme si, en sortant de son miroir, elle eût déchiré les fils innombrables tressés entre elle et moi dans ma mémoire. Il n'y avait pas si longtemps qu'avec le même geste elle glissait dans un de ses livres de classe une image de première communion, pas si longtemps que je l'avais aimée de toute la fougue inavouée de mes quinze ans. Elle ne pouvait comprendre alors qu'il y eût sur terre des créatures assez viles pour vendre leurs caresses, elle ne pouvait comprendre beaucoup d'autres choses non plus, parce que son cœur papillotait à la surface de la vie comme un cœur de soie rose collé sur carte postale.

Quelles lamentables aventures l'avaient fait échouer dans cette cave où s'agitait un bal de fantômes ? Quand elle m'aperçut, elle eut un sourire triste et ses deux petites mains flottèrent comme des oiseaux devant son visage. J'aurais voulu la prendre, l'enlever de sa toile, mouche que l'araignée guette. Il était grand temps de me charger d'elle pour la mener où c'était encore possible de vivre. Mais elle ressemblait tellement à une apparition que, lorsque je levai les yeux, elle avait disparu.

A peine dans la rue déserte, une impression bizarre me saisit : il me sembla que je venais seulement de quitter ma chambre (en quel lieu sous terre l'immonde baraque de la fête foraine donnait-elle son exhibition macabre ? En quelle salle pestilentielle plus profondément enfouie encore venait de m'apparaître le pur amour de mon enfance ?). Des cris, un bruit de lutte, s'entendaient au bout du trottoir. J'y courus avec, cette fois, la conscience de mon indispensable présence. Dans le vestibule de l'hôtel d'où montait le tumulte, un homme ressemblant à un gros crapaud conservé dans du vinaigre souleva péniblement les paupières.

– Vous n'entendez pas qu'on assassine quelqu'un dans votre turne ? criai-je, à bout de souffle.

Le hideux personnage haussa les épaules et se renfonça dans son trou. Frissonnant, je me faufilai à tâtons dans l'escalier, guidé par les gémissements et les coups. Un silence de forêt vierge entourait, protégeait ce qui se perpétrait là. Quand je fus devant la porte inconnue, un étincellement rouge avait supprimé en moi le souci du danger. D'une poussée, j'entrai et, tout d'abord, ne vis qu'une ombre énorme penchée au-dessus d'une table d'opération. Puis, sous cette ombre, j'aperçus, pour la troisième fois, la jeune fille – la même ! – apparue dans le miroir. Derrière ses petites mains allant et venant devant ses yeux, son pauvre visage était couvert de bleus et d'ecchymoses.

L'ombre s'était redressée, douée de langage :

– Qu'est-ce que c'est que ce morveux ?

Et je reconnaissais, bien qu'il eût changé contre un veston son habit chatoyant, le montreur de la baraque. Nul doute que ce cabotin tragique ne s'apprêtât à pratiquer sur sa nouvelle comparse l'opération nécessitée par l'horrible spectacle.

Je me mis à parler sans entendre le son ni comprendre le sens de mes paroles. A ma voix, la jeune fille s'était soulevée avec une lenteur de plante se tournant vers le jour. Lorsqu'elle m'eut reconnu, complètement éveillée, elle se mit à hurler :

– Il va vous tuer, allez-vous-en !...

Ces cris achevèrent de mettre en rage son tortionnaire qui recula jusqu'à la fenêtre comme pour bondir. Je ne lui laissai pas le temps de sortir son revolver. Empoignant sur une table – à portée de ma main ainsi que dans mon rêve – le lourd cendrier qui s'y trouvait, je le jetai de toute ma force dans sa direction. L'homme se pencha vivement en arrière, et tandis que la fenêtre s'ouvrait dans un fracas de vitre brisée, son corps désarmé bascula dans le vide.

Un peu plus tard montèrent des voix et des bruits de pas. Et ce fut seulement quand une lueur s'alluma dans les yeux de la jeune fille pour briller bientôt, haute et claire, que soudainement je me rappelai son nom.

L'ÉTRANGER IMPITOYABLE

Ce fut à l'enterrement de ma mère que je remarquai pour la première fois la présence de cet inconnu au regard inquisiteur. Derrière le moutonnement des parents et connaissances, sa haute stature devait paraître à tous insolite. Seul je devinais qu'il était là pour moi, mais comment aurais-je pu, cerné par le chagrin, m'élancer vers lui ?

Je le revis quelques mois plus tard, tandis que, ma douleur hâtivement travestie des vêtements trop courts de la vie, je recommençais à rire au milieu d'amis. Puis de plus en plus souvent il surgit, comme à l'improviste, en des circonstances semblant n'avoir aucun rapport entre elles.

Sa figure était toujours aussi grave, tendue par cette même interrogation que la distance et ceux qui nous séparaient l'avaient empêché déjà de formuler. Quelquefois sa silhouette m'apparaissait de loin, dominant la cohue des passants. Enfin !... me disais-je. Mais au fur et à mesure qu'il approchait je doutais que ce fût vraiment lui, et quand son regard s'enfonçait dans le mien, je restais un si long moment bouleversé que toute tentative pour le rejoindre ensuite était vaine. Ou bien je le sentais tout près, derrière moi, attentif à mes paroles, à mes gestes, son ombre prolongeant la mienne sur la table ; mais quand je me retournais, quelque importun s'était glissé entre nous et je n'apercevais plus que le sommet de son visage, l'appel angoissé de ses yeux.

D'autres deuils assombrirent mon existence, rendant chaque fois un peu plus fausse la résonance de mes plaisirs, avant le jour que je pus entendre sa voix. Tiré trop tôt du sommeil pour vaquer à mes habitudes, je m'étais enfermé dans le débarras minuscule où s'entassent mille témoins extravagants de mon passé – objets divers auxquels seul le souvenir qu'ils évoquent saurait donner un nom – lorsque, à l'impression particulière de son approche, je me retournai. Il se tenait là, un peu courbé sous l'encadrement de la porte.

– Que comptes-tu *en* faire ? prononça-t-il doucement.

Je bredouillai, me lançai dans des explications embrouillées, finalement lui chuchotai quelque aveu imprécis, comme à un confident d'occasion et que l'on sait surtout préoccupé de sa propre existence. Mais quand, atterré, je dus me résoudre au silence, comme si je n'avais dit mot il ajouta, avec une froideur presque invisible mais qui me glaça :

– Cherche-le.

Dès qu'il avait entrouvert la bouche, je savais quel objet était en cause, comme si depuis longtemps j'eusse eu le pressentiment qu'un jour il viendrait me le réclamer. Je le savais puisque, bien que sans pouvoir le définir, j'étais sûr qu'il ne se trouvait pas parmi ceux que j'avais sous les yeux, ni dans un coin quelconque de mon asile secret. Sans quoi, immédiatement, je me serais précipité pour le lui donner en criant joyeusement : *Le voilà !...* Mais non, inutile toute recherche.

C'était un objet perdu. J'avais dû l'égarer dans un déménagement au cours de ma remuante existence. La conscience de sa perte devenait même ma seule certitude. Et maintenant le visiteur reviendrait souvent, non plus mystérieux et interrogateur, mais avec ce commandement dans les yeux : *Cherche-le !* et cette question précise sur les lèvres : *Que comptes-tu en faire ?* Chaque fois je ne saurais lui répondre. De la même façon insidieuse que s'était imposée sa présence, le ton de sa voix et l'implacable reproche me deviendraient familiers.

Et il advint, alors que pour la centième fois je cherchais fébrilement dans le bric-à-brac de mon grenier à reliques, déplaçant l'un après l'autre chaque souvenir, il advint que je décidai de m'emparer, à l'aveuglette, de l'un d'eux. Pourquoi l'objet élu par le hasard ne serait-il pas, justement, celui que j'avais cru perdu ? Oui, pourquoi ? En tout cas je devais m'en convaincre pour affirmer avec suffisamment de ferveur dans la voix, et de joie immense, et d'orgueil, en le montrant à l'étranger impitoyable : *le voilà !* Car il se pouvait que tout dépendît de la manière de prononcer ces deux mots, de leur intonation.

Il se pouvait (honnie soit la pensée qu'un tel raisonnement implique la plus grande confusion de l'esprit : jamais le mien n'avait été si lucide), il se pouvait que lui non plus ne sût pas quel était exactement l'objet qu'il me réclamait avec une si solennelle âpreté, et que son intransigeance hautaine ne lui servît qu'à mieux cacher son propre oubli.

LA VISITEUSE NOCTURNE

On ne saurait taxer d'irréalité ce qui m'arrive la nuit. Ce ne sont pas des rêves : mon emploi m'interdit tout sommeil, ma charge est de veiller sur les choses endormies. Sitôt enfuie la débandade écervelée du personnel diurne, et closes les portes, et tirés les lourds vantaux du soir, rien ne se meut dans l'ombre que n'enregistre immédiatement mon œil aux aguets.

Le patron connaît ma conscience professionnelle. Mais il ne se doute pas que les préoccupations qui me tiennent éveillé sont plus importantes que la découverte de voleurs ou autre vétille. Je ne lui ai jamais parlé de l'escalier, par exemple, ni de l'ange en fréquentant les degrés ! Du plus haut il accourt, vole, descend. Ses bras agitent deux grands éventails de neige tandis que sur chaque marche se pose, une imperceptible seconde, son pied nu...

N'imaginez pas quelque hallucination. Mon cerveau dépris du mystère est parfaitement lucide dans les ténèbres. Il s'agit de l'escalier roulant qu'encombrent les clients durant la journée. Pour moi le seul silence des rayons déserts l'environne, les étalages dans leur suaire montent autour une garde fantastique, et parfois un fugitif rai de lune tombant des verrières le traverse. Quant à l'ange qui l'habite, disons le fantôme désireux de quelque emplette, mannequin du rayon des sports éprouvant le besoin de se dégourdir les jambes, ou, plus simplement, cliente oubliée dans l'ascenseur. A moins que, réellement cambrioleur, il n'en veuille qu'à ma solitude.

Immobile dans l'ombre comme l'araignée au seuil de ses rets, je regarde cette forme blanche descendre vers moi. Elle accourt, elle approche. Je vois flamber ses cheveux, torche noire. Quand soudain – que se passe-t-il ? – quoique entourée du même frémissement, l'apparition ne progresse plus, reste en suspens.

L'escalier s'est mis en marche ! L'escalier monte !... A dix pas de moi, l'ange est là, qui danse...

Sans me demander quel blagueur actionna la machine, changea l'horaire du déclenchement, je m'élance. Mais tandis qu'à peine sur la première marche je me sens enlevé, l'objet de ma poursuite, brusquement inerte, s'élève à son tour, fuit. Toujours une égale distance nous sépare. Je cours, je m'agite, soulevé, me semble-t-il, par la joie, je monte, je monte, et le battement des ailes qui me précèdent lave comme des rafales ma figure extasiée. Un choc brutal, porte claquant sur mon visage, met fin à ce vertige en me précipitant du haut en bas, les quatre fers en l'air. Je me retrouve tâtonnant entre les comptoirs de la Parfumerie.

Le désappointement ne dure qu'un instant. A nouveau j'épie l'escalier. Quelquefois je n'attends même pas la venue de l'ange, espérant plus vite le rejoindre en grimpant à sa rencontre. Calamiteux calcul !

Toujours j'arrive au sommet sans qu'il apparaisse et ma déception est double. J'ai beau me promettre la prudence, telle est mon ivresse dès quitté le sol que j'oublie toujours l'issue certaine de l'aventureuse ascension. Il arrive que je reçoive un crachat en pleine figure ou que deux poings me rouent de coups avant la dégringolade, comme si un ennemi que j'ignore me guettait dans les hauteurs.

A rechercher les raisons qui me font ainsi courir au devant de l'outrage, j'ai appris (pourquoi ne l'avouerais-je pas ?) que l'ange servant d'appât à ma folie n'est qu'une enfant. La propre fille du directeur ! On la tiendrait séquestrée dans une cage obscure, là-haut, pour ne pas céder à son entêtement, possédée qu'elle serait, me dit-on, par l'idée fixe d'épouser le dernier des employés de la maison : le veilleur de nuit, justement !

Naturellement mon humilité m'interdit de croire à ce roman, malgré d'indubitables preuves. Et que m'importe de connaître ou non ma condition, puisque je n'en peux rien changer ! Arracher à ses bourreaux l'enfant qui m'idolâtre m'avouerait complice de sa démence. On me jetterait immédiatement à la porte.

Je préfère entrer dans son jeu, continuer à l'attendre dans les ténèbres ou bondir au-devant d'elle, la tête en feu, au risque des humiliations et des coups.

J'imagine que parfois rien ne peut la retenir dans son désir de me voir. C'est alors qu'elle descend vers moi, tel un ange. Et ses gardiens, feignant de céder à ses transports pour mieux y mettre obstacle, ont inventé ce système qui consiste à déclencher le mouvement des degrés ou à me fermer au nez les battants. Mais de ces élans toujours brisés, je crains qu'elle ne se lasse. A ma frénésie ne resterait que l'escalier de malheur, l'escalier vide !

Si ma blanche visiteuse n'était venue qu'une fois, j'aurais fini par l'oublier, je ne serais pas obsédé de la sorte. Mais elle vint chaque nuit d'abord, puis plusieurs fois par nuit... Maintenant le jour même, oui, le jour ! Oh ! je ne vous en dirai rien : dans la journée, je dors, caché dans un réduit que vous seriez bien en peine de découvrir. Et tout ce qui m'advient alors n'a pas de réalité. Ce sont des rêves.

LES ROIS

Souvent j'étais passé devant cette boutique qu'éclairait de l'intérieur un antique lampadaire. Quelque désuet négoce à deux sous pouvait seul s'embusquer derrière les vitres embuées, ou l'incurable tristesse d'un apothicaire phtisique y rangeant ses bocaux. Mais la persistance, à travers tant d'années, de son aspect vieillot, tandis que se renouvelait le clinquant des autres devantures, finit par m'inciter à plus d'attention. Et je me décidai un soir à m'y glisser furtivement, comme honteux de pénétrer en un lieu de si minable apparence.

Il me fallut descendre trois marches, pousser une porte où pendait un vieux tulle piqueté de chiures, et je me trouvai dans une salle basse semblable à un salon de coiffure peu avenant de quartier pauvre. Regrettant déjà ma sotte curiosité, j'allais m'asseoir, résigné à attendre mon tour, sous l'éclairage blafard que multipliait sinistrement à l'infini la double rangée des miroirs, lorsqu'il me sembla distinguer, en équilibre sur chacun des fauteuils, une gigantesque araignée blanche. Cela se mouvait lentement dans un silence interrompu seulement, de temps en temps, par le froid cliquetis de ciseaux sur le marbre.

Je m'approchai, très intrigué. Comment expliquer ma méprise? Ce que j'avais pris pour quatre membres réunis était en réalité les deux bras d'un homme en blouse blanche et les deux jambes écartées d'une femme renversée, tête en bas, par un système de bascule. Tous ces corps dénudés jusqu'au ventre avaient la même absolue blancheur que le vêtement du singulier garçon coiffeur penché sur leur partie la plus secrète. Sans doute le jet livide du gaz répandait-il partout ce teint cadavérique qui imprégnait aussi les visages des praticiens. Sous des crânes énormes où perlait la sueur, leurs prunelles ternes ressemblaient à celles des albinos mais, au lieu de refléter le cercle rouge de la rétine, elles ne s'irisaient que de cette blanchâtre clarté recouvrant toutes choses comme l'âme même du lieu.

Seule, dans cet éclat laiteux, se colorait d'un rose violet la bouche aux lèvres gonflées et luisantes maintenue ouverte, par de courtes pinces métalliques, sous le regard des opérateurs. Tandis que selon les gestes des dentistes ils y plongeaient de menus outils, l'attention minutieuse crispant leurs traits n'empêchait pas une sourde joie de transparaître sur leur visage.

Parfois l'un d'eux parvenait à extraire de cette cavité charnue une petite chose dure et blanche. Alors tout souci un instant l'abandonnait. Jetant devant lui les instruments et relevant son front moite, il faisait sauter dans ses mains cette petite chose dure comme une pierre, avant de la lancer adroitement dans une vaste coupe de verre placée au centre de la salle. Elle y disparaissait, tournoyant avec un curieux bruit qui commençait par plusieurs notes de cristal pour finir en crissement de scie à métaux. Ce bruit anodin en soi, et que je n'avais pas remarqué tout d'abord, mais qui ne cessait de se répéter, m'obséda bientôt comme le rire même de l'enfer.

Poussant la porte avec l'intention de m'enfuir, je descendis encore trois marches à tâtons. Où étais-je ? L'issue ne donnait pas sur le boulevard. Me retournant pour faire demi-tour, c'est alors que je pus voir entre les battants laissés ouverts dans ma précipitation, suspendus au-dessus du sol juste à la hauteur de mes regards, les visages à l'envers des femmes. Une telle souffrance les tordait que de tous, malgré le silence, semblait s'échapper un cri terrible.

Plutôt que de frôler à nouveau ces masques aux yeux révulsés, je m'enfonçai dans la ruelle obscure, poursuivi par le grelot aigre de la coupe.

J'étais loin déjà que ce bruit me paraissait encore proche. Soudain j'eus l'impression qu'il naissait à mes pieds. Je me penchai : de chaque orifice caché dans l'ombre, de chaque bouche d'égout, de chaque gouttière jaillissaient une multitude de ces petites choses dures et blanches dont je connaissais la provenance. Chacun de mes pas en projetait une volée qui retombait sur le pavé avec le son de la grêle sur une verrière.

Me baissant afin de voir en quoi consistaient ces cailloux bizarres, je reconnus les minuscules « baigneurs » de porcelaine que le pâtissier glisse dans la galette des Rois et qui faisaient, il y a bien longtemps, ma joie d'enfant.

LE PORTE-BONHEUR

Avec ses pinceaux, avec sa plume, il inventait chaque jour de nouvelles figures pour un ballet fabuleux dont il se donnait le luxe d'être seul spectateur. Mais un rayonnement puissant émanait de cette activité bien qu'elle ressemblât, aux yeux profanes ou indifférents, à l'amusement d'un enfant. Dès nos premières rencontres, je crus comprendre d'où lui venait son pouvoir. Parmi les objets encombrant sa table, désordre qu'augmentaient livres et dessins épars, j'avais remarqué un curieux morceau de quartz, sardoine ou cornaline, taillé en forme d'aster. Jamais mon ami ne s'éloignait de cet éclat de sang figé, noirci par le temps. Pour la moindre promenade comme pour le plus long voyage, il la glissait dans une des poches de son gilet, avec cependant la même insouciance qu'il se munissait de sa gomme et de son crayon. Mais peut-être fût-ce justement cette affectation d'indifférence qui attira le plus mon attention.

Après maintes hésitations je résolus, pour en avoir le cœur net, de dérober à l'extraordinaire personnage l'agate porte-bonheur, ou que je présumais telle. Cette indélicatesse m'était d'autant plus facile que la pierre traînait à portée de toutes les mains. On ne pourrait me soupçonner de sa disparition sans soupçonner également chaque visiteur. J'avais d'ailleurs bien tort de m'inquiéter ! Son possesseur dut croire plus simplement qu'il l'avait égarée.

Vers le même temps que je commettais ce larcin provisoire – mon intention étant de restituer l'objet une fois l'expérience achevée –, un départ précipité m'éloigna de cet homme qui exerçait un si fort attrait sur moi et, pour ainsi dire contre mon gré, le talisman resta en ma possession.

Au bout de quelques mois, peut-être simple conséquence du changement matériel de ma vie, une véritable transformation s'opéra dans mon esprit. Les idées, les opinions, les principes mêmes auxquels j'avais été attaché m'apparurent sans fondement. Plutôt que de forger un autre système, je me laissai aller sans contrainte, comme je n'avais pu le faire en une jeunesse aride, à la naïveté et à l'enthousiasme qui sont au fond de ma nature. Tout mon passé devint fumée légère.

L'exercice de mes multiples talents développait le sens de ma personnalité. Bientôt, à la suite de plusieurs petits faits, dont je niais d'abord l'évidence, je dus admettre que non seulement l'agate portait chance mais qu'elle m'imprégnait de sa propre puissance. C'était un nouvel ami peu fortuné naguère qui voyait s'accroître en ma fréquentation et ses biens et ses succès, une nouvelle maîtresse qui m'affirmait n'avoir pas vécu avant de me connaître… Sans aucun doute, je portais bonheur. Signe que j'avais atteint à la suprême désinvolture de mon ancien maître, que le style de sa vie était devenu mien : les êtres autour de moi s'éclairaient à mon rayonnement.

Mais après une courte période de griserie sur ce faîte j'en vins à me demander si je ne m'étais pas exagéré, auparavant, la difficulté de vivre et si ce complet bouleversement n'était pas tout bonnement l'épanouissement de facultés autrefois enfouies dans le dedans de moi-même. Il m'arriva, dès lors, de ne plus prendre autant soin de l'agate. Je l'abandonnais souvent dans un tiroir ou l'oubliais dans un vêtement de la veille, allant jusqu'à souhaiter qu'un jeune et trop curieux disciple, comme je l'avais été jadis, me la volât à son tour.

Les sinuosités du destin, qui nous font si souvent repasser dans nos pas, me remirent un jour en présence du merveilleux ami de ma jeunesse. Je le trouvai avili, vieilli, démuni de tout ce qui faisait à mes yeux son prestige. Par pitié, j'eus envie de lui avouer mon méfait, mais avant que j'ouvre la bouche, il me demandait, en retrouvant son sourire charmeur, ce qu'était devenue l'étoile de cornaline. Et je compris alors qu'il n'avait laissé traîner l'objet qu'afin de me donner, lui aussi, la tentation de m'en emparer.

– Je vais vous le rendre... balbutiai-je sans cacher ma confusion.

Mais il se récria :

– Non, gardez-le ! Faites-en ce que vous voudrez... Moi je n'en veux plus.

Je restai honteux, interdit, sachant qu'il refusait ainsi le seul secours contre une déchéance certaine. Et lorsqu'il m'eut quitté, par une sorte de parti pris que je crus frère du sien, un curieux revirement s'effectua dans mes pensées, achevant de me détacher de la pierre sculptée. Qu'avais-je besoin de ce fétiche ? Je n'en voulais plus, je ne savais qu'en faire, coûte que coûte je devais m'en débarrasser ! Ce me fut aisé : en rentrant, j'eus beau chercher partout le porte-bonheur, je ne le retrouvai pas.

L'INSPECTEUR

Mon travail n'avait rien de commun avec celui des misérables exécutants de l'avant-scène. Du spectacle il n'était pas accompagnement superflu, mais complément indispensable. Que d'aucuns le jugent superfétatoire, c'est qu'ils sont ignorants du fin fond de la chose, ou plutôt du fin fond de la salle où j'étais perché, moi l'homme-orchestre, afin d'attirer opportunément l'attention des spectateurs.

Avez-vous remarqué, quand le rideau est à mi-course, trop haut encore pour cacher les acteurs, trop bas déjà pour laisser subsister la somptueuse tromperie du décor, avez-vous remarqué que, juste à cet instant, se révèle la déliquescence du spectacle : extinction des regards, usure des costumes, écroulement des figurants ? A ce moment précis, du fond de la salle, moi l'homme-orchestre je retentissais de mes cuivres et mes cordes. Il est de toute nécessité qu'apparaissent nettement l'ambiguïté de ce rôle et son importance. Sans moi la soirée pouvait être ratée. Souvent on vit en pareil cas la foule malmener les ouvreuses, piller les vestiaires, se ruer aux guichets, exiger le rem-bour-se-ment ! Grâce à moi la catastrophe était évitée, ses probabilités chaque soir remises en cause.

Annonciateur des entractes, précurseur, en somme, je supportais la transition de la pénombre à l'électricité, de l'illusion scénique où tout est illusion à cette autre illusion, cent fois plus périlleuse, d'un monde où il n'y a pas d'illusion.

Le plus ardu (réfléchissez-y) consistait à produire dès le début cet effet de surprise capable de retourner d'un bloc l'assistance. Brusquement, je devais briser le silence par une cacophonie si surprenante ou un accord d'une telle beauté qu'un frisson parcourût le dos des spectateurs, contraignant leurs regards à quitter la scène.

J'avoue volontiers qu'ensuite, passé cette diversion que mon talent inventif s'appliquait à créer, nul ne remarquait plus ma virtuosité. Parmi la foule amusée et bruyante, dans le brouhaha des fauteuils renversés, petits cris des femmes, conversations reprises, rires retrouvés, certains allaient jusqu'à traiter ma musique enragée ou sublime de fantaisie de tout repos. Ils étaient visiblement rebutés par la médiocrité de mes moyens et vexés, au fond, de ce qu'un vulgaire soliste eût si manifestement abusé de leur attention. Mais je me moquais bien de leur dédain ! J'étais là pour gagner ma vie, non pour quêter l'admiration.

Ma joie, car sans joie ce métier aurait été véritable déchéance, je l'usais le long du jour, quand, dans l'immense salle obscure, je préparais mon numéro. Quelle ivresse de se débattre avec les instruments au sein de cette ouate d'ombre ! Alors, ce qu'avait de bassement complice mon labeur officiel était remplacé par l'enivrant sentiment de l'entière gratuité de mon art. Il y avait bien, là-bas, rectangle traversé de vagues phosphorescences, la scène où s'apprêtait le programme du soir, mais j'y restais complètement étranger. A peine si, de temps en temps, je gaspillais un regard dans le but d'apercevoir la vedette de la saison.

Mais une fois qu'au cours de cette répétition je me livrais avec plus d'imagination que jamais à une véritable débauche d'inventions sonores, voltigeant de la flûte aux castagnettes, de l'ophicléide à la grosse caisse, de l'archet à la trompette, il me sembla qu'un œil, des profondeurs enténébrées, m'observait sévèrement.

N'ai-je point parlé de l'inspecteur ? Ce petit monsieur à peine haut comme une clé de *fa* venait de temps en temps rôder autour de moi. Habituellement je lui envoyais, avec la coulisse de mon piston dans la margoulette, une volée de doubles croches agressives ou ironiques, ou d'une chiquenaude de mon archet je faisais valser son lorgnon. Pourquoi cet œil, qui n'était que le sien, me troubla-t-il ce jour-là ? Fut-ce à cause de sa tristesse ou de son implacable sévérité ? (Il est vrai que lui gagnait sa vie dans l'ignorance de toute satisfaction compensatoire et qu'il devait, au surplus, supporter mes vexations.) Un Décret de la Direction avait dû insuffler à ce personnage presque larvaire un supplément de consistance. J'eus tout à coup la certitude que désormais, au cours de mon entraînement même, me serait interdite toute initiative, retiré le droit d'agrémenter de notes inédites ma partition, enfin supprimé l'essentiel de ma joie.

Peut-être que mon vacarme solitaire avait fini par gêner la répétition du spectacle. M'allait-il falloir mettre une sourdine à ma folie, voiler d'un style plus « classique » mon inspiration ? Engagé sur cette voie des concessions, n'en viendrais-je pas à me convertir, peu à peu, en l'un de ces inoffensifs virtuoses plus aptes à divertir leurs auditeurs qu'à les avertir ?

Ces réflexions m'accablaient quand un incident bizarre et complètement imprévu me troubla davantage encore, achevant de me désemparer. Alors que me dévisageait toujours l'œil exagérément sévère, les instruments ne répondirent plus à mon commandement. En vain j'appuyais sur les pédales, soufflais dans les tubes, m'évertuais sur les cordes, aucun son n'en jaillissait plus.

L'inspecteur, du coup, s'était approché. A travers la sueur ruisselant de mon front, je l'apercevais figé devant moi, dans son veston étriqué d'employé besogneux, ses contours nettement dessinés comme une silhouette de bois peint. Imagine-t-on ce supplice ?

Combien de minutes, combien d'heures luttai-je, n'admettant pas la défaillance d'un système dont je croyais m'être approprié les lois ? Je ne parvenais plus à émettre que gargouillements dérisoires ou rauques lamentations de truie en gésine. Enfin, n'en pouvant plus, je me dressai, jetai loin de moi baguettes brisées, cymbales fêlées, archet perdant ses crins, et m'évadai d'un saut hors de ce piège.

Traverser la salle dans ma légère tenue personnelle (je ne revêtais que le soir la livrée de l'établissement) ne me demanda qu'une seconde. Devant le guichet de l'entrée je réclamai véhémentement qu'on me réglât mon compte. Mais tandis qu'un regard à moustache et à col dur me toisait, j'entendis, du fond de la salle, la voix de l'Inspecteur, démesurément grossie par un haut-parleur, glapir :

– Nous ne lui devons rien.

LA MAISON D'EN FACE

Par goût de la solitude j'avais fait construire ma maison en pleine forêt. Le toit ne dépassait pas les arbres. Là enfin je pourrais vivre loin des fréquentations oiseuses, entre des murs nus, délivré de l'envahissant confort. Un lit, une table, une chaise, qu'est-il besoin de plus ?

Dans ce dénuement âprement recherché je m'étirais d'aise, le premier matin, lorsque les modulations d'une voix féminine déchirèrent soudain le patient réseau qu'autour de ma maison le pivert et l'engoulevent tissaient déjà :

Arlette en robe de bal
A cheval
Est allée faire son marché...

Je bondis à la fenêtre. Devant moi se dressait une maison identique à la mienne ! Comment ne pas en croire mes yeux ? Et désormais devrai-je supporter ce voisinage ? Un peu nasillarde, la voix continuait à jaillir de l'imprévue maison d'en face :

Adélaïde au pied-bot
En sabots
A dansé sur le clocher...

Un cri d'impatience me serait échappé si, apercevant la femme qui chantait, je n'étais resté cloué, muet, derrière mes volets.

Où avais-je déjà vu cette femme ? Pour que sa beauté absolument anormale ne m'eût frappé au point de m'en souvenir, il fallait qu'une foule vraiment excessive encombrât naguère mon existence ! Certes pourtant je l'avais déjà vue, mais je ne pouvais préciser en quelles circonstances.

Ce n'étaient pas tant ses traits qui retenaient mon attention que le rayonnement émanant de toute sa personne. Ses doigts faisaient sourdre le miracle des objets les plus humbles, le rendaient familier. Ainsi, occupée à épousseter un incroyable fouillis de bibelots et de meubles, elle ne semblait pas voir que le plumeau perdait ses plumes une à une, papillons noirs qui s'envolaient par la fenêtre. Bientôt il ne lui resta plus en main qu'un bâton avec lequel elle scandait sa chanson.

Sa chevelure parfois précédait ses pas, et quand ils s'arrêtaient cette émouvante oriflamme retombait devant son visage en se déployant. Je ne pouvais détacher mes regards de l'étrange vision. Assise à un petit meuble, elle se mit à écrire, puis, saisissant sa page, la secoua devant elle et les caractères qu'elle venait de tracer, comme une nuée d'insectes affolés, retournèrent s'engloutir dans l'encrier. Ensuite l'étonnante créature, sautant lestement sur une chaise, se suspendit à une corde qui se balançait au-dehors et je crus qu'elle allait s'envoler. Mais non, elle ne glissa que de quelques mètres et le parachute de sa longue robe rouge, à l'étage au-dessous, se referma telle une mâchoire pourpre.

Ma vue plongeait à présent dans les pièces où ma voisine poursuivait son singulier manège. Et je la vis ainsi s'agenouiller devant un fauteuil vide, adresser la parole à son miroir, enfin se livrer sans interruption à mille actes des plus insolites sans paraître se soucier de leur résultat. De temps à autre, elle reprenait sa chanson que – ma parole ! – elle improvisait :

Artémise si menue
Toute nue
S'est cachée dans l'encrier...

A force d'attention et après de longs instants de guet je constatai cependant qu'une sorte de loi présidait aux faits et gestes de la belle extravagante, malgré leur apparent désordre. La fantaisie n'était pas seule maîtresse de cette agitation : la présence d'une absence (si je puis dire !) en constituait le centre. A un moment, une exclamation ayant trahi ma curiosité, je la vis se pencher dans ma direction.

– Est-ce toi, Arthur ?... cria-t-elle.

Et comme je restais coi, elle reprit sur l'air de sa chanson :

En habit le bel Arthur
Est passé
Par le trou de la serrure...

Je m'endormis très agité, ne pensant plus à ma solitude. Le lendemain, la voix aux inflexions extraordinaires me réveilla :

Anne a traversé le gué
Sans mouiller
Ses alpargates dorées...

Obsédante ritournelle ! Pour la fuir, j'entrepris une longue promenade à travers bois. Nul ne me ravirait le refuge des hauts arbres et leur silence !

Dans les sentiers déserts, je réfléchis jusqu'au soir à l'étrangeté de mon sort. Quand un pas précipité, derrière moi, et l'apparition de ma voisine me firent deviner qu'elle errait aussi depuis l'aube, peut-être même n'avait cessé de me suivre. Sous le bras, elle portait un bocal dans lequel une rose sans eau se tenait merveilleusement épanouie. Plus cocasse encore que la veille était son attifement. Ses cheveux nattés grossièrement pendaient sur une seule épaule. D'une voix douce, elle appelait de temps en temps : *Arthur?... Arthur?...* ou bien à plein gosier elle entonnait sa chanson :

Adamante au fond des eaux
A tressé
Des chapeaux pour les oiseaux...

Que risquais-je, en un tel lieu, à passer pour un autre ? De la compagnie de cette fille bizarre peut-être tirerais-je quelque agrément. En tout cas, il ne me coûtait rien d'entrer dans son jeu et, comme elle me frôlait sans me voir, je me décidai à l'interpeller.

– Tu as oublié ta montre, Arthur... répondit-elle en me tendant le bocal.

Il me sembla que la rose, dans le globe de verre, chuchotait un *tic-tac* d'assentiment. Alors, cueillant délicatement la petite lune d'un pissenlit oubliée par le vent, je suppliai ma nouvelle amie d'accepter en guise de remerciement ce rare talisman. Ses yeux s'embuèrent de joie, et rapidement notre entretien s'éleva jusqu'à ressembler au vol de deux alouettes ivres. Je lui avouai que du jour où m'était apparu le cheval noir, sous le cerisier, je n'avais cessé de croire à son retour. Confuse, elle me répondit que jamais la fragilité des églantines n'avait été cause de ses larmes.

– C'est que tu n'as pas peur du brouillard ?...

– Le coucou n'a-t-il pas caché trois étoiles dans la gouttière ?...

Rien ne pouvait nous empêcher de nous comprendre. Je prenais grand plaisir à une conversation me laissant l'entière liberté de dire tout ce qui me passait par la tête.

Elle s'appelait Adélaïde, Annabelle, Artémise, Arlette, et de quantités d'autres noms de la sorte selon les heures du jour. Quant à moi, j'étais Arthur, mais j'étais aussi le roi des Nuées, celui qui sait combien de gouttes de rosée contient le cœur des lys, combien de diamants l'araignée pêche chaque matin dans ses filets, celui qui connaît l'instant précis où la ville bâtie à l'envers se redresse pour se transmuer en pluie d'orage.

Quand nous fûmes revenus sur nos pas, l'obscurité m'interdit de distinguer dans quelle maison nous entrions. Nos clefs n'ouvraient-elles pas toutes les portes ? Elle avait celle des songes et j'avais celle des champs. Mais j'eus vite reconnu, malgré la pénombre, l'aérienne et baroque installation de ma voisine. Au milieu d'un bric-à-brac d'oripeaux, de verroteries et d'authentiques rayons de lune, je passai la nuit la plus *folle* que j'eusse jamais vécue.

Au petit jour, mon hôtesse me fit visiter sa demeure. Comment imaginer tant d'alcôves, de chambres secrètes, de réduits mystérieux, tous meublés au gré du pur caprice ? Dans mon enthousiasme, je n'accordais plus un regard aux beautés du dehors. Arménie (ou Amélie, ou Aréthuse, je ne m'en souviens plus) chantait et bavardait sans arrêt et ses paroles me paraissaient maintenant chargées de signification.

Pourtant, quelque chose d'indéfinissable – source brusquement jaillie et dont on ignore si elle est d'angoisse ou de joie – m'attira finalement vers l'une des fenêtres, puis de l'une à l'autre en courant. Aucun doute possible : Ma maison avait disparu ! Partout des arbres, partout la forêt.

L'ARMURIER

Pourquoi veut-il à tout prix que je sois un de ses clients ? Je ne suis pas méchant. La souffrance d'autrui, même, instinctivement me répugne. Il le sait bien, d'ailleurs, et use à mon endroit de la rouerie la plus subtile. Il doit connaître aussi mon goût secret pour ces petits revolvers agrémentés de nacre, vrais bijoux qui tuent presque silencieusement. C'est toujours l'un de ceux-ci qu'il choisit pour me tenter. Ah ! si je pouvais arriver à le surprendre, si je pouvais m'emparer de son poignet quand, avec perfidie, il me glisse son arme dans la poche ! Mais chaque fois, il profite du moment que je m'y attends le moins, et lorsque je sens l'objet mignon, dur sous mes doigts, lui, l'instigateur, le coupable, est déjà loin. C'est ainsi. Je ne pense qu'à la douceur de vivre, m'amusant à regarder affectueusement les visages, et brusquement il y a le joli petit revolver, dur sous mes doigts.

Que se produit-il alors ? Tant que je n'ai pas fait usage de cette chose brillante et douce, qui me brûle la main, je ne suis plus le même. Pour un peu je m'élancerais, parmi les passants, brandissant mon arme. Mais par bonheur je parviens à me contenir, et c'est seulement en pressant un tout petit peu le pas, sans attirer l'attention, que je me dirige vers la maison où je sais trouver, sinon un remède, du moins un accommodement provisoire à ma frénésie. Oh ! je ne m'y rends pas sans maugréer contre ma servilité, ni sans invectiver l'armurier de malheur qui m'oblige à perdre un temps précieux. Rien cependant ne m'arrête.

L'empressement avec lequel on m'accueille, comme si j'étais attendu, ne laisse pas, chaque fois, de me surprendre. Il y a plusieurs chambres de tir. L'une s'appelle *Les Miroirs,* l'autre *Les Étoiles,* l'autre *Les Jouvencelles.* On commence à connaître mes préférences, si bien que je n'ai pas un mot à dire, c'est presque automatiquement que l'on me conduit dans cette dernière. Je l'aime pour son exiguïté de cellule, l'intimité de son éclairage, la somptuosité de ses tentures or et bleu pâle. Je m'y sens comme l'autocrate au faîte de son règne, puissant et solitaire. Elle doit probablement son nom aux cibles simulées sur les murs et représentant des demoiselles en des poses gracieuses, effigies pour exercer le regard, tromper la longueur du temps. Je ne gâcherais pas mon unique balle à trouer ces peintures !

Après quelques minutes de silencieuse attente, un pas léger m'avertit de la proximité de l'instant pour lequel je suis venu. Je tourne et retourne dans ma poche le gentil petit revolver. Enfin, la porte s'ouvre.

– Voilà Mlle X... m'annonce-t-on.

Ah, que m'importe le nom de ce visage jamais le même ! Qu'on me laisse seul avec lui entre les murs épais et sans recours ! Fuyez, fantômes complices d'un monde où le péché existe ! Qu'on me laisse le droit d'imprimer dans ces prunelles éblouies la souveraineté de mon désir ! Les signes du consentement et de la peur s'y mêlent. Pourquoi trembles-tu, frêle enfant chérie ?... Pourquoi ta figure, malgré son sourire, semble-t-elle une bête réduite à merci ?

– C'est peut-être l'émotion... murmure-t-elle.

Cher agneau adoré ! – et mon bien, et ma proie – je voudrais te protéger, t'emmener loin d'ici, t'arracher à ta fatalité ! Mais rien ne peut plus nous sauver. Entre nous l'arme étincelle comme une planète, comme l'axe même de cette terre au noyau de feu. Dans sa contemplation muette redouble notre émoi. Non, rien ne peut plus nous sauver. Elle s'arrache à mon étreinte, recule, me désigne l'endroit où je dois tirer.

La balle ouvre dans la chair tendre un tout petit trou qui se referme aussitôt. Déjà, Mlle X... se repoudre, réajuste le rouge de ses lèvres. Mais ce n'est qu'une comédie, un simulacre, la continuation du rite. En aucun cas la victime ne doit, par le spectacle de son agonie, indisposer le sacrificateur. Je sais qu'elle va s'écrouler derrière la porte et qu'on l'emportera. Je sais qu'on ne m'en dira rien.

LE CHRONIQUEUR DE L'AN PIRE

D'un empereur en exil je suis le seul sujet. Nous habitons ensemble. Vivre dans l'intimité d'un tel personnage ! Au début j'en étais fier, mais la cohabitation entraîne toujours certaines promiscuités. Un empereur, dès qu'il n'a plus rien pour le persuader de son empire, est un homme comme les autres. En pire. A présent je hais ce répugnant soudard. Il me cracherait dans la bouche et me péterait au visage si je n'y mettais le holà.

Notre maison ne comporte qu'une seule pièce. Nous nous y observons mutuellement, lui du haut de sa suffisance qui ne m'en impose plus, moi derrière le masque du respect. Heureusement : un grand jardin est attenant à la maison. Le jardin de Sa Majesté ! Quand Elle s'y rend je peux enfin ne songer qu'à moi-même.

Mon ambition serait d'écrire la chronique de l'empire. J'ai les documents pour cela et ma mémoire est encore pleine des hauts faits d'armes. Il ne me manque qu'une table. Écrire à croupetons sur le sol n'est pas pratique : il me faudrait une table. J'ai manifesté ce désir à l'empereur. Mais sitôt que je lui parle de mon intention d'écrire cette chronique, il s'esclaffe en m'envoyant des postillons ou m'attrape le bout du nez et le tord. Une table ! Pourquoi pas un bureau à tiroirs, porte-plume *ad hoc* et buvards de rechange ?

Je dois dire que nous sommes absolument dénués de tout.

Devant notre maison il y a une route où jamais nul ne passe. Quand mon maître, prêt à m'humilier, revient du jardin, je m'enfuis et j'y marche à grands pas. Plus que la crainte des vexations me chasse l'épouvantable odeur que Sa Majesté ramène du jardin, une odeur insurmontable. Je préférerais écrire tranquillement ma chronique, mais puisque je n'ai pas de table et que mon empereur pue à ce point, mon seul recours est d'errer sur la route. Hélas ! ces promenades même ne me seront-elles pas bientôt, elles aussi, interdites ?

Devant notre porte il y a un grand tournesol et ses feuilles qui s'élargissent chaque jour finiront par nous empêcher de passer. Quel jardinier imbécile fit germer là, juste devant l'entrée, cette ridicule plante dite « ornementale » ? J'imagine souvent le plaisir que j'aurais à l'arracher. Mais l'énorme fleur tournant lentement sur son pivot est le seul repère que nous ayons pour nous indiquer l'heure.

Quand Sa Majesté est endormie, je lui tire la langue et l'insulte à voix basse. Je ne me borne pas à ces légères manifestations d'irrévérence. Je profite également de son sommeil pour surprendre ses secrets, car non seulement l'impérialissime ronfle comme une marmite d'eau qui bout, mais il lui arrive (soulevant le couvercle) de parler en dormant. Ha, ha ! Si j'écris un jour ma chronique, que de savoureuses anecdotes il me sera possible d'intercaler entre les hauts faits d'armes !

De cette façon, j'ai appris presque entièrement la disposition du jardin (on dirait que le bavard se plaît à me le dépeindre, entre deux ronflements, comme s'il voulait me tenter, mais je n'y entrerai pas, dans son jardin, tout ce que je demande c'est d'écrire ma chronique). Il a deux allées principales : l'une conduit vers un potager fort bien entretenu, aux plates-bandes alignées de telle manière qu'on peut évoluer autour et se retrouver à son point de départ ; l'autre aboutit à une sorte d'impasse que prolonge un étroit réduit. C'est là que mon empereur se rend chaque jour. Couché dans le réduit, il attend, en regardant par la lucarne percée dans le toit, que se lève la lune. D'après la description du dormeur cette lune, rose et entourée de vapeurs, doit être merveilleuse à contempler. Mais toujours vient le moment qu'elle se transforme en visage dont les joues vomissent un flot d'excréments. (Maintenant je comprends d'où vient la puanteur qui imprègne les vêtements de Sa Majesté. Fichtre non ! je n'irai pas dans son jardin.)

D'ailleurs, cette vie m'ennuie et je crois que je vais me décider à arracher le tournesol, devant la porte.

Je n'aurais pas cru la chose aussi facile. Je prévoyais des difficultés. On se fabrique un monde des actes les plus simples, mais quand la résolution est prise de bouleverser de fond en comble son existence, le petit doigt y suffit. Dès mon maître sorti, je m'échappai par l'autre porte dans l'intention solidement fondée – sur de justes raisons – d'arracher le tournesol. Me penchant, je saisis la tige pareille à un gros bambou et elle vint à moi avec une déconcertante facilité. Au fur et à mesure qu'elle sortait de terre, fleur et feuilles s'évanouissaient dans l'air et je n'eus bientôt plus en mains qu'une courte tige en forme de poignée surmontant une longue, très longue racine. Et quelle racine ! Fine, acérée, d'acier tranchant et luisant.

Immédiatement, je me précipitai dans la maison. Sa Majesté, revenue du jardin, ronflait au milieu de la pièce envahie déjà par son odeur. Je n'eus, en me bouchant le nez, qu'à lui plonger l'arme providentielle dans le ventre. Ça y est – *Général général de l'état-major général, j'ai tué mon empereur !* (Il faudra que j'enjolive un peu ce récit pour le dernier chapitre de ma chronique.)

C'est moi qui me dirige maintenant chaque jour vers le jardin. Un bien beau jardin ! Non, je n'ai nulle envie d'aller regarder la lune dans l'étroit réduit. La visite au potager me suffit. C'est un bien beau potager, agencé avec goût, quoiqu'il ne contienne qu'une variété de légumes. Je pense que ce sont des navets. Il faudra que j'en arrache quelques-uns pour me rendre compte.

L'empereur est toujours au milieu de la pièce comme lorsqu'il dormait. Mais il ne ronfle plus, ne parle plus, n'a plus rien à m'apprendre. On dirait qu'il a acquis de l'importance depuis que je l'ai tué. Jamais je ne l'aurais cru si grand, ni si large, ni si gros. Mais... j'y songe : son ventre pourrait me servir de table pour écrire ma chronique. Quel incomparable bureau de travail, lisse, avec sa blessure au milieu comme un encrier !

En fait de chronique, il m'en arrive une bonne ! Avant de me mettre à écrire j'étais sorti sous prétexte de prendre l'air. En réalité, je voulais surtout me rendre compte si les légumes du potager étaient effectivement des navets. Des navets !... Ho la la ! Je dus faire un effort inouï pour arracher l'un d'eux – ou l'une d'elles, puisque je suis encore à m'interroger sur le genre de ces curieux légumes. Et devinez, cette fois, ce qui vint en guise de racine ? Un enfant ! Un minuscule enfant pareil à ces baigneurs de celluloïd qu'on achète dans les bazars. Vivant ? C'est beaucoup dire : il gigota seulement deux ou trois petits coups avant de s'immobiliser définitivement comme si le contact de l'air lui enlevait son principe vital.

Aussitôt j'arrachai un autre pied, puis un autre. J'eusse été content qu'une de ces larves manifestât un peu plus d'ardeur à vivre. L'espoir de m'éjouir un jour en la compagnie d'un gentil page, fidèle servant qui m'appellerait Sa Majesté, eût embelli ma solitude. Las ! comme un poisson sorti de son élément, l'embryon arraché à la terre exhalait chaque fois au bout de mon bras son dernier souffle. Je n'avais qu'à le rejeter, flasque, avec les autres. Tout le potager fut ainsi dévasté. Jusqu'à la nuit je me débattis rageusement avec ces lémures, je les assemblai en tas. Quelle histoire !... J'ai attrapé une fameuse suée. Il est tard et je vais me coucher. Demain, je commencerai à écrire ma chronique.

Demain. Nous y sommes. Et je me demande encore quand, quand, quand !... quand je pourrai commencer à écrire ma chronique. Ce petit matin ressemble au soir d'une grande bataille. Toute la nuit il a plu et mon tas de navets à formes humaines est devenu un prodigieux monceau de cadavres. – *Soldats*, s'écrierait le Grand Capitaine, *vous êtes sales, mais vous êtes beaux!*

Cadavres grandeur nature. Il y en a plus haut que la porte, plus haut que la maison, plus haut que le ciel, pyramide croulante, empêchant le jour d'entrer dans ma turne. Et la pluie qui continue à tomber dessus. C'est du joli !... Comme disait en ses heures de mépris défunt l'empereur : *De la patrouille et de la gadoue!*

Traîner l'un après l'autre jusqu'au bout du jardin ces fœtus qui ont pris de l'âge va me demander combien de jours ? (Il est temps de parler de la fosse, au bout du jardin : trou profond, profond, avec une espèce de purin noir au fond.) Jamais je n'aurais cru qu'un mort fût si lourd, ni si raide, ni si froid – plouf ! dans la fosse. Au second de ces messieurs !... S'ils se prêtaient un peu mieux au transport ! Mais ils se moquent des éclaboussures, de ma peine, de ma chronique et de tout !... Une tête pend, ses yeux me regardent. – Plouf, dans la fosse ! – Est-il possible qu'un jardin ait une telle longueur ?... C'est un cimetière et j'en suis le croque-mort. C'est le fleuve le plus ténébreux des limbes et j'en suis le passeur !... Qui veut un aller pour l'éternité ?.... – Plouf ! dans la fosse. – Plus j'en trimballe, plus il y en a... La pluie glacée qui les lave me coule dans le cou. – Plouf ! encore un de moins ! – Du nerf, fossoyeur boueux (ça doit faire là-dedans un beau mélange...). Oh ! j'en parlerai dans ma chronique ! SALUT AUX HÉROS DE L'EMPIRE ! écrirai-je. (De la patrouille et de la gadoue, oui.)

LES LYS ET LE SANG

Les lys qui pourrissent sentent
plus mauvais que les herbes.

SHAKESPEARE

Je fréquentais assidûment, à cette époque, le Paris de la rive gauche. Un après-midi, je m'arrêtai, comme il m'arrivait souvent de le faire, devant cet étalage de naturaliste, boulevard Saint-Germain, qui portait, entre autres, cette extraordinaire inscription : *Nous fabriquons des yeux artificiels en tout genre.* Des coquillages aux lèvres blanches ourlées de rose y voisinaient avec des madrépores, des insectes et parfois même un caïman empaillé. Tout à coup, une main se posa sur mon épaule. C'était mon confrère, l'auteur dramatique et poète Z... qui, me voyant si attentionné dans la contemplation d'insectes, entreprit de me conter les mœurs étranges de la mante religieuse. Le propos m'eût intéressé si, quelques jours plus tôt, l'écrivain X... ne me l'eût déjà tenu, à peu près en termes identiques. J'esquissai un bâillement et Z. reprit, sur un autre ton :

– Vous qui avez le goût du mystère... Il faudra que je vous présente un personnage curieux... Imaginez une sorte de don Juan crapuleux qui, en dehors d'aventures plus que douteuses, s'adonnerait passionnément à des recherches d'horticulture. Au vrai, je n'ai jamais pu lui faire définir en quoi consistent ses travaux... Peut-être y parviendrez-vous mieux que moi. C'est vraiment un type peu banal. Je le crois possédé par la hantise de la pureté. Est-ce la blancheur nacrée de ces coquillages qui me fait penser à lui ?

J'ai dit que Z. était poète. Je n'attachai qu'une attention relative à ce portrait sommaire, bien que tout ce qui touche l'espèce humaine m'intéresse plus que les mœurs des insectes. Si monstrueuses que fussent ces dernières, elles ne sauraient égaler en horreur ce que, dans les dessous de la conscience, la psychologie est impuissante à nous révéler. Mais la présentation eut lieu quelques semaines plus tard, au hasard d'une rencontre.

– Voici Duval, me dit Z.

L'homme me rappela aussitôt un certain Dangecour, que j'avais connu autrefois, ermite de province qui passait son temps à composer des airs sans avoir jamais appris un seul des éléments de la musique. Mais un Dangecour qui aurait signé un pacte avec le diable, je veux dire que dix ans de plus auraient rajeuni. Celui-ci s'exprimait avec une aisance remarquable. Tout en lui respirait le naturel, l'élégance même. Quand Z. eut disparu :

– Il faut que nous devenions de vrais amis, me dit-il en me serrant les deux mains, puis, appuyant sur le mot *seul*, il murmura en rougissant légèrement, dans un tel élan de sincérité que je me demandai s'il n'y avait pas là beaucoup de cabotinage : Vous serez mon seul ami.

– J'ai longtemps vécu dans les limbes où s'agitent, leur vie entière, la plupart des hommes, reprit-il peu après, quoique j'eusse cru en être sorti. J'avais des ambitions personnelles, ce qui est bien sot.

J'allais protester, montrer que la vanité est le plus grand ressort de la vie, mais il continuait :

– Enfin, mon cher ! Nous ne sommes que des instruments. Chacun de nous est un instrument unique, particulier, qui doit lui-même découvrir sa tâche... Je vous dis cela parce que je sais bien que vous aussi n'attachez que peu d'importance au bruit que fait le succès autour d'un nom. Comme moi vous n'ambitionnez qu'à l'œuvre unique... Mais si, mais si ! J'ai vu vos livres, vous savez ! (ce fut à mon tour de rougir légèrement). Si je vous dis que vous serez mon seul ami, c'est que vous êtes un des rares, le seul peut-être, qui pouvez me comprendre. La gloire, les éloges, le bruit... fini pour moi. Tenez, je pense à ce brave Z. devenu « auteur dramatique »... Le théâtre ! tous ne pensent qu'au théâtre, à ce qui brille, à ce que le public réclame. N'est-ce pas écœurant ? Pourtant ces confrontations avec la foule ne laissent que dépit, ne sont que faux pas sur l'échelle vie, alors qu'il faudrait en monter les degrés jusqu'au dernier souffle, jusqu'à la rupture du terrestre cordon ombilical...

Il exprimait ces convictions d'une manière tranchante, qui n'admettait pas de réplique. Et je dois reconnaître que très souvent elles correspondaient aux miennes. Mais derrière la facilité d'élocution transparaissait parfois une sorte de désespoir, ce que j'aurais appelé, chez un croyant, le pressentiment de la damnation.

– Ma femme est morte, me dit-il soudain, du ton que prendrait un acteur pour déclamer le poème de Baudelaire : *Ma femme est morte, je suis libre...*

Il enchaîna aussitôt, revenant à lui-même : En ces

temps-là, mon cher, je me trompais sur mes prédestinations. A présent, je sais.

Ses yeux à ce dernier mot brillèrent davantage. *Cet homme est fou*, me dis-je, et quelques minutes plus tard : *C'est le plus rusé coquin que j'aie jamais rencontré.* Ou bien, l'entendant énoncer sentencieusement une lapalissade : *Quelle incroyable candeur !* Mais aussitôt une réflexion pleine de clairvoyance me stupéfiait, car elle indiquait à n'en pas douter un esprit non seulement nourri par des années d'études et de méditation, mais aussi aiguisé au laminoir des passions.

Cette rencontre avait eu lieu en décembre. Elle se renouvela, à huit ou quinze jours d'intervalle, de la même façon, dans un café où je lui donnais rendez-vous. Si le temps le permettait nous marchions dans Paris, promenades qui n'étaient pour Duval qu'un prétexte à d'interminables soliloques. Je l'écoutais sans impatience, comme attiré par la présence, sous ce vent de paroles, d'une révélation à moi seul destinée. Cependant sa bizarrerie retenait mon entière confiance. Une certaine distance resta toujours entre nous dont j'étais peut-être seul à me rendre compte.

Comme je m'étonnais de son indépendance, il me répondit sans gêne aucune. Avec ce flair qu'ont parfois pour les questions d'argent ceux qui leur sont le plus étrangers, mon homme avait placé le produit de la vente des biens de sa femme en écus que l'écroulement des billets allait multiplier. Comment avait-il vécu entre-temps ?

– Oh ! de rien... me répondit-il, ajoutant avec ce goût qu'il avait de l'aphorisme : Le plus grand bien que procure l'accès à la fortune pour un esprit noble est sans contredit qu'elle lui en enlève le goût. Le malheur de la plupart des gens vient de ce qu'ils imaginent une condition préférable à la leur. En quoi ils se trompent, quelles que soient les *compensations* que donne l'aisance, elles sont bien maigres en comparaison du sort commun. Certes, je n'aurais pas dit ceci il y a vingt ans. Je sais par expérience le mépris, la haine, que cette opinion peut éveiller chez le cœur jeune emprisonné dans une vie médiocre. Il n'est qu'un mot à répondre : attendez ! Vous ne trouverez peut-être ni le repos ni la richesse. Mais cette usure de tout ce qui fait à vingt ans le goût de la vie, vous la rencontrerez sûrement si votre âme a quelque noblesse. Aujourd'hui, je vais même jusqu'à penser qu'il n'y a pas de compensations. C'est dans la libre jouissance des « biens de la terre » que réside peut-être le pire des désespoirs, si l'on se distingue quelque peu du dernier des animaux.

Je savais Duval de ces hommes exceptionnels qui peuvent se passer à peu près de tout ce que procure l'argent, mais je frémissais en songeant au sort de la femme condamnée à partager, autrefois, ses privations. Quel drame avait entouré les derniers instants de cette malheureuse ? Un jour, il me raconta sa fin tragique, ou du moins la découverte de son cadavre dans une pièce d'eau, au fond du jardin.

– J'ai revu longtemps son visage aux yeux ouverts tournés vers le ciel. Tout le corps, vertical, était plongé dans l'étang, retenu sans doute par les lianes qui croissent au fond. Seule visible, au-dessus du cou renversé comme une tige cassée, la figure blanche et bouffie, sous le miroir de la surface, ressemblait à une monstrueuse fleur aquatique éclose dans la nuit. Quand je me penchai, des centaines d'insectes brillants entraient et sortaient de la bouche, rendaient un peu de vie au regard... Rien d'épouvantable, non, mais la chose la plus triste qui fût.

Comme je lui demandais à quelle cause il attribuait ce geste désespéré, il y eut une seconde de pitié dans son regard, ou de lucidité soudaine vis-à-vis de lui-même.

– Il arrive un moment où rien ne peut nous empêcher de fuir l'image que nos proches se sont faite de nous... me répondit-il. Et après un silence :

– J'ai beaucoup souffert au début, de la solitude. Nous vivions ensemble depuis plus de quinze ans ! Mais, les dernières années, s'étaient dressées entre nous de telles dissensions que cette mort me fut légère, somme toute, si ce n'est dans les habitudes de chaque jour où je la ressentis le plus vivement. Imaginez avoir élu quelqu'un pour vous préserver du monde et qu'un jour cette gardienne pousse si loin ses attributions qu'elle interdise non seulement au monde environnant de venir jusqu'à vous mais qu'elle vous empêche aussi d'aller jusqu'à lui. Vous voyez ça ? Plus une seconde de répit avant que vous n'ayez terrassé ce cerbère.

Cynisme, inconscience ? pire encore... Il m'arrivait de frémir en l'écoutant évoquer cette fin comme s'il en avait été l'exécuteur. Non que j'aille jusqu'à penser qu'il eût, de ses mains, précipité sa femme dans l'eau, la solitude ensuite facilitant le maquillage du crime en suicide, mais il est tant d'autres moyens d'acculer un être à sa fin, sous le couvert de l'affection et de la tendresse. Je divague sans doute. A trop vouloir montrer la complexité du personnage, ne suis-je pas tenté d'en noircir les ombres ? En vérité, la terre et le ciel se livraient sans cesse dans cette âme un combat sans merci.

Dès que l'État libéra le marché de l'or, Duval revendit ses louis pour acheter, à bon compte, me dit-il, une propriété dans la Seine-et-Oise. Chez cet être apparemment désordonné se manifestaient, au moment opportun, de curieuses réapparitions du sens pratique. Il avait dû réaliser, d'autre part, d'avantageuses spéculations qu'il jugea vain de me révéler.

– L'argent a tout de même ceci de bon, disait-il encore avec un rien de tartuferie, qu'il facilite et peut-être rend seul possible l'aventure spirituelle… Surtout lorsqu'on a connu suffisamment la pauvreté pour apprécier la liberté qu'il procure.

Je ne sais s'il y avait de l'ironie dans ces propos. De quelle aventure spirituelle parlait-il ? Bien qu'il ne me confiât jamais rien de sa vie affective, je discernais sur son visage des signes qui ne trompent pas. Le luisant du regard, la mollesse de la bouche, et cet unique pli profond cernant la mâchoire, indiquaient une sensualité qu'avait certainement contribué à développer le loisir.

Un après-midi de février, j'allai le voir dans sa banlieue. Il pleuvait. J'arrivai, à la sortie de l'agglomération, devant une ancienne maison rurale dont l'entrée donnait de plain-pied sur le chemin. J'aperçus derrière le bâtiment, au-dessus des hauts murs, de grands arbres aux branches lacérant le ciel gris. La pièce où je pénétrai, après avoir traversé le vestibule, était aménagée sans recherche. Quelques objets seulement retenaient l'attention. Au mur, un grand écusson de bois peint sur lequel s'entrecroisaient trois lys stylisés ; sur la cheminée, une autre fleur de lys en bronze, et sur la table une boule de verre enfermant encore une grosse fleur de lys artificielle. Je regardais ces choses sans surprise, Duval m'ayant habitué à ses singularités. Il paraissait à peine remis d'une grande agitation, comme s'il avait couru. Lorsqu'il eut retrouvé un peu de calme, je ne pus que lui arracher quelques mots d'une désolante banalité. J'allais prendre congé, lorsqu'il sembla seulement s'apercevoir de ma visite et en éprouver de la reconnaissance. Il me fit pénétrer dans une pièce attenante servant de bibliothèque et là j'éprouvai, cette fois, un réel étonnement. La *Bible*, le *Livre des Morts thibétains*, les *Lois de Manou* y voisinaient avec Swift, Cervantès, Poe, Melville. A côté de ces sommets de l'intuition des hommes, je remarquai, rassemblés dans un coin, plusieurs ouvrages bizarres : *Le Lys dans le Blason*, par M. de Rochecaille ; un *Traité de la Fleur*, par le Révérend Père Bastien ; *L'Horticulture Pratique*, de Rolph du Guet ; *Pour avoir des Orchidées*, et autres *Fleurs du Jardin...*

Duval, à présent lancé, ne tarissait plus :

– Cher, cher ami ! Vous ne pouvez savoir combien c'est bon pour moi de vous voir... Ah, les gens sont horribles ! Tenez, un simple fait : Je connais par ici un pauvre homme de célibataire qui adore les enfants... Il va jusqu'à se cacher sous une porte cochère, devant la sortie de l'école, pour regarder les petits visages roses... Imaginez cela ? Ses mains se tendent vers eux, il voudrait, ne fût-ce qu'une fois, caresser, réchauffer l'une des frimousses que le froid rougit. Il lui arrive de suivre l'une des silhouettes menues, de la rejoindre. Les enfants ont peur des hommes qui vivent seuls, mon cher ! Vous ne vous doutiez pas de ça ! Si, si, ils en ont peur... Nous ne sommes pourtant pas des ogres... Ah, ah ! les gens sont horribles ! Celui qui ne patauge pas dans leur auge devient leur pire ennemi. Je reviens à mon célibataire... Il avait donc réussi à se faire une petite amie parmi les enfants de l'école. Comprenez-vous ce qu'était cet amour ? Un vieil homme, qui a toujours vécu seul, et une petite fille de dix ans... Non, vous ne pouvez pas savoir. Ils ne se voyaient que quelques minutes par jour, mais ces minutes, pour l'un et l'autre, représentaient l'éternité du paradis, tant étaient grandes la sincérité, la pureté, notez-le bien, la pureté de leurs sentiments. Ça vous semble absurde et pitoyable, n'est-ce pas ? Mais ne me dites pas que ça vous répugne, ne me dites pas que vous pensez comme tous ces gens qui ont osé épier cet homme, et le poursuivre, et le malmener, et battre l'enfant, mon cher, battre l'enfant !!! Ah, le monde est horrible...

Il tremblait si ostensiblement, et avait de si curieux trémolos dans la voix, en se posant les mains sur le visage comme pour se protéger, que je me demandai, à cet instant, s'il ne venait pas d'inventer cette fable pour que je le soupçonne d'en être lui-même le triste héros.

– Et vous ? dis-je pour chasser l'équivoque (ou bien était-il inconscient et lui-même en réalité le personnage en question... ou bien...).

Il sembla sortir d'un rêve :

– Moi... oh ! moi, je travaille. Vous verrez cela, mais pas aujourd'hui... Aujourd'hui vous en avez assez appris sur mon compte. Partez, oui, partez, cela vaut mieux... ajouta-t-il en me serrant presque convulsivement les mains. Mais vous reviendrez, maintenant que vous connaissez le chemin... (Il parut réfléchir.) Oui, vous reviendrez... Pas avant les beaux jours, vers avril, mai... alors je vous montrerai mon jardin et vous expliquerai tout... Vous comprendrez, j'en suis sûr.

Le bougre, avec un art consommé, avait su exciter en moi la curiosité. Au début de mars, mes occupations m'appelèrent en Italie, ce qui me causa un vif plaisir, car je désirais depuis longtemps accomplir ce voyage, et je remis à mon retour le souvenir de Duval. Rentré fin mai et me découvrant quelque vacance, j'allais lui écrire pour l'aviser d'une prochaine visite, quand ce mot de lui me parvint : « Unique ami, n'attendez pas que pourrissent les lys pour apprendre ce que vous ignorez encore... Après juin, il sera trop tard... » Je crus à une de ces images dont il aimait orner son style, mais on verra qu'il ne s'agissait pas de littérature.

J'arrivai chez Duval par un après-midi ensoleillé. Les hauts arbres, derniers vestiges d'un parc romantique morcelé naguère, paraissaient des montgolfières de feuillage prêtes à s'élever dans l'azur. Sous les apprêts de cet envol prochain, la maison carrée ressemblait à une caisse de lest que l'été en s'enfuyant abandonnerait à son rivage d'asphalte et de poussière. Duval m'accueillit dans la fraîcheur du vestibule pour me conduire aussitôt, après la traversée d'une pelouse en friche, vers les profondeurs d'un jardin.

La barrière épaisse des vieux buis me réservait une surprise. Nous la franchissions par un sentier obscur sinuant en labyrinthe quand m'intrigua tout d'abord, presque à hauteur du regard, une lueur d'un blanc laiteux étalée en nappes que je distinguais au loin, dans les éclaircies du feuillage. Puis une persistante et forte odeur, grisante jusqu'à la nausée, nous assaillit. Enfin, au débouché du sentier, j'éprouvai ce choc silencieux et toujours trop bref qui précède l'enchantement de l'âme. Il semble que seule l'absolue nouveauté puisse le provoquer, et pourtant l'ivresse en persiste bien après que s'est enfui l'étonnement. Devant nous, pâle lac immobile et suspendu, s'étendait une prairie entièrement plantée de lys. Les fleurs majestueuses dans le plein épanouissement de leurs grappes se touchaient; soutenues les unes par les autres, au point de cacher leurs tiges dont les rangs serrés n'apparaissaient qu'en bordure, plongés dans une lumière glauque qu'on eût dite sous-marine.

L'enclos, de près de deux ares, était complètement dérobé à la vue des habitations voisines et je me demandai si, sans cela, Duval eût osé réaliser une telle folie. Je me doutais bien qu'il ne s'agissait pas d'une vulgaire entreprise mercantile. La reproduction des oignons de lys ne pouvait être que d'un rapport incertain. J'étais même convaincu qu'il ne tirait aucun parti pratique de sa plantation dont le secret prouvait qu'elle n'était pas destinée à la commercialisation. C'était bien l'absolue inutilité du luxe, l'acte dispendieux et gratuit.

Nous avancions maintenant, dans l'étroite allée centrale coupant le flot odoriférant, vers une construction de bois des plus sobres de lignes, adossée au mur de clôture, simple bâtiment en double paroi de planches dressées sur pilotis et à la façade entièrement vitrée. Cinq marches et une rampe de bois permettaient d'y accéder.

– Voici mon laboratoire, dit Duval.

Sur tout un côté garni de planchettes, des fioles

étiquetées s'alignaient. Au centre, une grande table sur tréteaux exposait un incroyable bric-à-brac d'instruments nickelés, de couteaux, de spatules, une balance, des verres de toutes dimensions, tout l'arsenal du « petit chimiste ». Dans un coin je remarquai même une cornue et des éprouvettes. Sur une feuille de papier buvard, plusieurs fleurs de lys aux pétales coupés, dont on avait arraché les étamines, semblaient attendre la main du magicien appelé à leur redonner vie. Tandis que mon regard errait sur ces choses, Duval m'exprimait sa passion :

– Rien ne donne une image aussi juste de l'à-peu-près de la création que les fleurs, dans la diversité de leurs formes et de leurs couleurs. Qui parle ici de simplicité ? Tout est démesuré, imprévu, excessif, grandiose, et cependant pur, et cependant harmonieux, toujours miraculeusement parfait. Rien n'y manque et tout y est de trop, jusqu'au parfum, absent parfois, comme l'esprit est absent de certaines œuvres magnifiquement ornementales. Voilà bien le sublime baroque !...

Comment en était-il venu à ce choix, à cette culture d'une fleur unique parmi tant d'autres ?

– J'ai d'abord été séduit par ce blanc épais, palpitant de vie, comme tissé d'une fine poussière de cristaux lumineux, me dit-il. Seuls les lys possèdent une clarté charnelle pareille à certains airs envoûtants de Monteverdi ou de Schütz... Si vous croyez au symbolisme des couleurs, songez à ce que représente dans la création cette blancheur... Ah ! il est impossible décidément d'exprimer avec des mots ce que je ressens, et mes propres intentions... Vous savez, reprit-il avec une ardeur que je ne lui connaissais pas, je n'ai jamais aspiré à la gloire, mais à produire une œuvre de beauté inégalée. Je sens depuis toujours cette œuvre en moi, mais j'y sens aussi son interdiction. Avant tout je devrais me préoccuper du prix qu'il me faudra payer pour obtenir la levée de cette interdiction... Il me semble être sur la voie d'une découverte capitale, mon cher !... Au fond, voyez-vous, l'œuvre de beauté existe extérieurement à chacun de nous. Il ne s'agit que d'en fixer à jamais le témoignage. Arrêter le temps, l'art n'a pas d'autres buts, prolonger, se prolonger, tous tendent à ça. Celui qui réussit à prolonger la moindre chose condamnée par la nature, celui-là atteint le but... Non, il ne s'agit pas de savoir. A moins que le summum du savoir soit de savoir qu'on ne sait rien ! Peut-être aussi de savoir qu'on peut tout...

A travers ces divagations d'un orgueil plus vivace que jamais, je commençais à discerner à quoi il voulait en venir. Il avait entrepris d'arrêter, dans la fleur, le temps qui la détruit. Son but était de rendre immortel l'un de ces lys devenus pour lui le symbole tangible de la beauté. Tous ses propos reflétaient cette obsession de suspendre le temps à travers sa plus fugitive expression :

– La conscience de l'éternité procure une sorte de nausée, un mal de ciel (comme on dit *mal de mer)* qui est proprement la mort dans la vie... « Vous devez vous ennuyer à ne rien faire ? » me disent les gens. Comment leur expliquer qu'au contraire les jours passent, depuis que j'ai renoncé à l'agitation vaine qui les remplissait, comme ayant perdu leur durée. Je suis si bien occupé, en ayant l'air de ne rien faire, qu'à peine réveillé midi arrive, puis le soir. L'idée que nous avons du temps est fausse... S'il m'arrive de m'endormir avec l'image de ma mort devant les yeux et en me répétant que la vie est une sinistre blague, que tout est néant, etc., chaque matin m'apporte la conviction de jour en jour plus affermie que cet univers *dont nous sommes* est l'irréfutable témoignage d'un autre monde et que cette existence, pour celui qui en accepte l'impérieuse sommation, est un irrémédiable commencement...

– Vous n'imaginez pas ce qu'est ma solitude, me disait-il encore. J'avance dans un désert de glace, loin de toutes voix humaines. Interdit le retour en arrière. Il me prend parfois envie de crier comme si quelque compagnon invisible avait pu me suivre. Mais je sais que nul écho ne répondrait à mon appel. Cette sensation de froid et de solitude, je l'éprouve au cœur de la foule, dans le tumulte du boulevard, près de vous, mon ami, quand je pense à mon œuvre...

D'autres fois, sa conversation prenait forme d'énigme. J'aurais voulu pouvoir fixer immédiatement ses paroles dont je ne transcris qu'un faible écho.

– Il n'y a pas d'extrémités. La pente est de plus en plus rapide qui s'ouvre au-delà du compréhensible si je ne recherche le noyau, l'amande, l'œuf de la lumière. Au-delà des limites commence l'éparpillement, au-delà de l'axe les limites, si je ne cerne l'axe d'une zone d'huile qui le rende imperméable à la pourriture extérieure et le préserve de la rouille.

Après cette visite m'apparaissait nettement l'erreur de Duval. Comme autrefois Dangecour, quoique sur un autre plan, ses déductions logiques, derrière le langage imagé, restaient parfaites, mais le point de départ était faux. Si le but de l'artiste est d'arrêter cet écoulement insidieux où tout sombre, ce but ne peut être atteint en immobilisant les manifestations de la vie, mais bien plutôt en précipitant leur destruction, car leur renouvellement seul importe. Transformer une fleur en objet n'était pas suspendre le temps, mais seulement en cacher les atteintes, comme font ces vieilles coquettes qui réussissent à maintenir sur leur visage l'apparence de la jeunesse, alors que la vraie jeunesse est dans le sang. Ce ne sont ni les onguents, ni les poudres, qui peuvent arrêter le temps. La fleur qui ne fanerait pas ne serait qu'un témoignage de plus de l'habileté de l'homme en lutte contre Dieu, qui n'a créé ce monde passager que pour nous donner l'idée de sa permanence, que pour nous aider à accéder, à travers lui, à l'éternité qui n'est pas la mort, qui n'est pas le dessèchement, mais le perpétuel mouvement. Pour Duval tout était *réel* et c'est cette réalité qu'il s'entêtait à retenir, la réalité appelée à sombrer, l'inexistante réalité des apparences.

Doux maniaque à qui une fortune ingénieusement acquise permettait de se livrer à des travaux d'agrément inoffensifs, ainsi avais-je catalogué définitivement Duval. Il faudra cependant, avant que pourrissent les lys, me disais-je avec sa souriante solennité, que je retourne un soir admirer le fantastique lac de fleurs, au clair de lune. Je ne doutais point que de la cabane-observatoire l'effet n'en fût d'une extraordinaire beauté… Mais de tous nos désirs combien infime est la part que nous réalisons ! Cette année-là, mon congé annuel se présenta plus tôt et je partis sans avoir tenu ma promesse.

Je ne devais jamais revoir Duval. Peu après ma

rentrée, la lettre d'un notaire m'avisait de sa mort et me priait de passer à son étude. On devine combien différentes étaient mes pensées en me rendant dans ce petit pays de Seine-et-Oise pour obéir à ce que je savais être une ennuyeuse formalité. J'attendis quelques instants dans une pièce bourdonnante où s'activaient plusieurs dactylos. Les innombrables dossiers verts alignés dans les casiers, toute cette poussière méthodiquement rangée, me donnaient à réfléchir sur le destin de tous les drames humains, quand maître S... me pria de pénétrer dans son bureau.

Une très jeune femme, de mise modeste, était assise sur l'une des chaises alignées là pour de plus nombreuses réunions. Son teint pâle resplendissait dans la pénombre.

– Mademoiselle Blanche D... fit le notaire, après m'avoir présenté.

Puis ayant pris place derrière son bureau qu'ornait un monumental encrier de bronze doré représentant le Roi-Soleil :

– Vous savez peut-être en quelles circonstances dramatiques est mort M. Duval...

Il ne prononça pas le mot « mort », mais le sens de la phrase n'en était pas changé. Je manifestai de l'étonnement.

– L'enquête a conclu à un suicide... ce qui arrêtait toute action de la justice... Non ? Vous n'étiez vraiment pas au courant de ces faits ?

Il me sembla qu'il insistait avec beaucoup d'indécence envers la pauvre créature que je sentais près de moi à bout d'angoisse. Une vive curiosité dirigeait mes regards de l'un à l'autre de ces deux êtres comme si j'étais devenu le témoin d'une chose monstrueuse à son dénouement. La voix sèche d'inquisiteur qu'avait l'officier ministériel était pour beaucoup dans cette sotte impression.

– Eh bien, continuait-il, tourné vers moi, puisque vous le connaissiez tous les deux, vous saviez du moins quel original c'était ? Oui, un curieux bonhomme ! Enfin, je ne suis pas ici pour le juger. Voilà : en l'absence d'héritiers légaux, ses biens seraient acquis à l'État si M. Duval n'avait pris soin de me remettre, il y a environ deux mois, ce testament.

Ceci dit, maître S... décacheta devant nous un pli qui ne contenait que quelques mots. Duval cédait sa fortune à Mlle Blanche D... ici présente, et à moi sa bibliothèque.

Nous convînmes du jour que je pourrais prendre en charge les livres, et le notaire donna à la jeune fille les instructions concernant son héritage, pas très important, car les frais de succession après la vente de la propriété s'avéraient fort élevés. Elle tremblait, me semblait-il, de reconnaissance ou de surprise. Mais cet émoi n'effaçait pas l'abattement qui pesait sur elle.

– Duval me parlait souvent de vous... murmura-t-elle, quand nous nous retrouvâmes seuls sur le trottoir, il aurait été content de nous savoir ensemble, tout à l'heure... Ce notaire m'effrayait un peu, avec son sourire trop aimable.

Elle avait des yeux d'une couleur indéfinissable, celle des feuilles que commence à ronger la rouille de l'automne. Sa bouche petite, mais aux lèvres pleines, se forçait à sourire. Son teint conservait une pâleur de cire. Elle me dit encore qu'une amie l'attendait, dans un café près de la gare, et avant de me quitter, me donna son adresse que je notai soigneusement.

– Venez me voir... *après*, dit-elle en baissant les yeux, je serai contente de vous parler de lui.

L'ample manteau qui la couvrait m'avait caché jusqu'ici qu'elle était enceinte.

– Au revoir, Monsieur... Venez après Noël ! ajouta-t-elle en me faisant un signe gracieux de la main.

Avant d'achever ce récit je me demande si le portrait que j'y trace est plus fidèle que celui imposé par Duval au cœur d'une femme. Mais que cet être d'exception n'ait pu résister à l'attirance du sort commun en choisissant finalement le lot de tous me le rendait plus fraternel.

Quand je sonnai, quelques mois plus tard, à l'adresse de « Mlle Blanche », au quatrième étage d'un petit immeuble de la rue d'Orsel, une photographie magnifiquement encadrée, dès l'entrée, arrêta mes regards. Jamais je n'avais vu Duval ainsi ! Il est vrai que cet objet d'art était le pieux agrandissement d'un cliché minuscule et que l'artiste pouvait avoir malgré lui modifié l'expression de l'original, accentuant son air hagard et, le dirai-je, son apparence géniale. Mais il n'est aucune des modifications que le temps ou le hasard apporte à nos traits qui ne révèle ou ne souligne quelque vérité intérieure préexistante. A la suite de l'amie de Mlle Blanche, je traversai rapidement un couloir à odeur de lessive où pendaient des langes. Il aboutissait à une pièce meublée sans grande originalité, mais non sans goût, et très propre. La jeune femme, me priant de patienter quelques secondes, m'apprit que l'enfant était venu à bon terme et qu'on me le montrerait tout à l'heure. J'imaginai qu'il ressemblait à tous les nouveau-nés plutôt qu'au portrait dévotieusement accroché dans l'entrée. Nous naissons tous motte de glaise informe que modèleront les années pour orner le vestibule du ciel ou celui de nos amoureuses. Qui donc a dit de cette terre qu'elle est une fabrique d'anges ? Je le crois.

J'entendais les deux femmes chuchotant derrière une porte, et bientôt Mlle Blanche apparut, parfaitement remise de ses couches. Elle avait frotté ses joues d'un peu de rouge et peint ses lèvres. Cette frivolité de présentation, due certainement à la timidité et à l'inexpérience qui suppriment la simplicité, allait vite disparaître pour me révéler une âme des plus désintéressées. Et qu'est le désintéressement sinon la vraie noblesse ? La jeune femme, au surplus, n'était point sotte, les réflexions souvent naïves mais profondément justes dont elle entremêla son récit allaient me le prouver. Comme parmi les fleurs Duval en était venu à choisir le lys, il ne pouvait avoir choisi celle-ci, d'entre les femmes, sans beaucoup de discernement.

– J'ai rencontré Duval chez des amis communs. Il avait la réputation d'aimer beaucoup les femmes, ce qui me fit le repousser, au début, avec un peu de mépris, bien qu'en secret cela m'attirât... Peut-être y avait-il de la perversion en moi. Au vrai, il me plaisait et devait s'en rendre compte. Je savais qu'il avait perdu sa femme et pouvais deviner, à bien des indices, qu'il vivait dans ce qu'on appelle le dévergondage. En fait, il avait souffert, il souffrait encore. Je crus que je pourrais l'aider à reprendre goût à ses travaux, dont il ne me parlait qu'avec beaucoup de mystère... Mais tout ça vous ennuie, Monsieur ?... Ces considérations n'intéressent sans doute que moi... pardonnez-moi.

Elle essuya une larme et reprit :

– Je fus pendant six mois son amie. Jamais nous n'avions envisagé la venue d'un enfant. Au début cela m'aurait terrifiée, mais bientôt j'aimai assez Duval pour souhaiter avoir de lui un fils. Craignant de l'éloigner, je n'en dis rien et, quand la chose arriva, je voulus enfermer en moi cette joie. Trois mois passèrent et comme je m'apprêtais à lui révéler ce qu'il ne pourrait bientôt plus ignorer, le malheur arriva... Que ne lui ai-je parlé plus tôt ! La nouvelle l'aurait peut-être détourné de la décision qui mûrissait en lui... J'étais si loin de m'attendre à cette horreur ! Il était toujours avec moi d'une extrême gentillesse, d'une prévenance infinie... Vous qui le connaissiez spirituellement mieux que moi, dites-moi pourquoi, expliquez-moi la cause de cette décision qui me reste inexplicable. Je n'entrais pas dans ce monde qu'il s'était façonné de toutes pièces et d'en être exclue me faisait mal.

Elle avait oublié ma présence, les rouages simples de son cerveau s'affolaient devant l'incompréhensible. Balbutiant presque, elle répétait : Pourquoi, pourquoi ? Enfin, elle se calma, continuant :

– S'il m'avait expliqué, je serais peut-être parvenue à comprendre, et, j'en suis sûre, j'aurais pu le sauver ! Souvent je me dis, à présent, que sa solitude couvait comme un trésor, un mal secret qui le rongeait. En ma présence seulement il redevenait normal, quittait cette exaltation qui me faisait peur. « Tu es l'ornement de ma vie », me disait-il parfois. Je pense que j'étais surtout son repos, son refuge...

– Voyez-vous, reprit-elle après un silence, Duval, avant de me connaître, avait complètement perdu contact avec le réel. Je le rattachai à la terre, je devins son seul lien entre lui et le monde. Les derniers temps il ne sortait plus, méditant dans son atelier ou travaillant dans le jardin, il ne voyait même plus les voisins. Mais il faut croire que j'étais trop faible pour lutter contre cette force qui l'enlevait ailleurs, l'attirait en des régions étrangères aux nôtres. Je croyais à ses bavardages, à ses sourires, à son immense tendresse... Tout ça n'était qu'un masque !... Un soir, je fus surprise de ne pas voir mon ami dans le petit bureau où il m'attendait habituellement, lisant ou écrivant. Par les fenêtres ouvertes, je l'appelai, le croyant au jardin. Nulle voix ne répondit. Je traversai en courant les allées que vous connaissez. La saison des lys était à son déclin. Dans le grand enclos, au-dessus des tiges brisées, flottait encore cependant l'odeur prenante qu'y répandait leur floraison. Parvenue à la maison de bois, au fond, qu'il appelait son laboratoire, vous savez ? j'en poussai la porte, étonnée de trouver la pièce dans l'obscurité, les rideaux tirés. J'allumai. Et c'est alors que je le vis, sans crainte encore. Je croyais qu'il dormait. Il était étendu sur le divan où il s'allongeait parfois pour se reposer de ses travaux. Mais aussitôt quelque chose d'insolite dans son aspect m'effraya. Imaginez le sentiment qui s'empara de moi quand je compris qu'il était mort, depuis plusieurs heures peut-être. Je me croyais la proie d'un cauchemar. L'un de ses bras était à demi levé, la main crispée sur le mur. Je remarquai que ses ongles avaient déchiré le plâtre en s'y enfonçant ; l'autre bras pendait, le poignet ouvert, au-dessus d'une coupe pleine de sang. Sur cette sorte de nage immobile veillait, comme attentive, la silencieuse présence d'un grand lys plongé dans la coupe. Par la transfusion du sang montant dans sa tige, la fleur s'était colorée lentement, et l'on aurait pu croire, tandis que s'empourpraient ses pétales comme s'allume une lampe funéraire, que c'était elle qui perdait goutte à goutte, au profit du cadavre, sa blanche et aérienne vie odorante. Je dus appeler, courir chercher les voisins. Je ne sais qui dérangea l'ordonnance de cette mort qu'il avait minutieusement préparée...

La jeune femme n'avait plus besoin de dire un mot. J'essayais d'imaginer les derniers moments de Duval. Je le voyais occupé à l'intime alchimie de ces obscurs apprêts, n'ayant plus que la volonté de parvenir à l'accomplissement d'une expérience dont lui-même serait l'éprouvette. Et par là il renonçait à en connaître le résultat, puisque la cessation de sa vie devenait la principale condition de la réussite. Ou bien tout cela n'était-il encore que cabotinage ? A l'idée de cette mort spectaculaire, certaines de ses paroles me revenaient en mémoire : « Le poète commence où finit l'acteur », par exemple, et celle-ci, qui se chargeait de résonances : « Reste toujours humain, mais si l'humain te dévore, ne crains pas d'avoir recours à la foudre des Dieux. » Une simple lame de rasoir avait été pour lui l'instrument de la foudre des Dieux.

Ou peut-être encore, se rendant compte de l'inanité de sa poursuite, la vision du néant de son but l'avait-elle conduit à ce suicide théâtral où se perpétuait du moins la comédie qu'à lui-même il s'était jouée. Et pourtant...

Silencieux, je ne pensais qu'à la mort, quand la jeune femme, remise de l'émotion que lui avait causée l'évocation de ces souvenirs et qui, elle, ne pensait déjà plus qu'à la vie, se leva pour ouvrir derrière moi la porte de la chambre contiguë :

– Venez voir son fils... me dit-elle, un doigt sur les lèvres.

L'enfant dormait. Un berceau de mousseline semblait emplir la petite chambre où n'entrait qu'un rayon du soleil d'hiver. J'aperçus, au centre de cette énorme rose artificielle, une minuscule figure aux yeux clos. Toute existence qui aboutit à une autre existence n'est pas entièrement perdue, me dis-je. Mais je ne pouvais m'empêcher de trouver bien léger le poids de cette vie fragile pour contrebalancer l'angoissante et lourde destinée de Duval. En était-ce l'aboutissement ? Un jour, Duval s'était demandé de quel prix il devrait payer la levée d'une certaine interdiction en lui. Je le savais à présent comme il avait dû le pressentir : le prix du sang. Aucune œuvre n'est valable qui ne soit arrachée à la vie même de son créateur.

Plein de ces réflexions, j'allais prendre congé lorsque mon regard fut attiré vers la cheminée par un globe de verre qu'éclairait l'unique rayon venu du dehors. Mon cœur se mit à battre, tandis que j'approchais. Le résultat de l'expérience de Duval était là, tangible, devant moi. Posée comme une relique sur un coussin de velours noir, sous le globe transparent, une fleur de lys aux pétales légèrement empourprés, aux rebords translucides et éclatants comme du diamant, étincelait, merveilleux et immarcescible bijou ciselé dressant ses triomphantes étamines comme des antennes d'or tendues vers quelque secret paradis futur.

LA PORTE INCOMPRÉHENSIBLE

L'arôme exquis du café s'élevait des tasses et le clair jardin par les fenêtres réjouissait nos yeux. Ah, que disions-nous donc ? Je regardais l'une des jolies jeunes femmes à qui cette réunion devait son charme, sans grand mystère, mais si prenant ! Tranquille bonheur ! Chaleureux instants appelés à fuir comme un songe. Cependant parfois l'un des causeurs, ou, près de lui, celle qui semblait passionnément attentionnée à ses paroles, jetait vers un coin de la pièce un coup d'œil furtif, mais si insistant que moi aussi, intrigué, j'y tournai bientôt le regard.

Une porte grande ouverte était la cause de cette attirance. L'existence de ce vide dans le dos de chacun créait, comme une présence étrangère, une gêne générale à peine consciente, mais que je ressentis, mêlée à l'extraordinaire impression que je la voyais, cette porte, pour la première fois. Dans mon trouble je me levai aussitôt, en apparence sans but précis. Je ne voulais surtout pas que mes hôtes eussent le soupçon de mon irrésistible curiosité, et c'est le plus discrètement possible que je me rapprochai, à reculons, de la porte incompréhensible, comme afin d'en refermer le battant.

Mais lorsque, parvenu près de l'embrasure sans que personne s'inquiétât de mon manège, je me retournai, brusquement tout l'attrait de la cordiale réunion s'évanouit en même temps que disparaissait, comme recouvert par un violent tumulte, l'intelligent bavardage. En quelques enjambées je fus au bout du couloir qui s'ouvrait devant mes pas et là, une nausée m'envahit à la perception aiguë de ce qui s'offrait à ma vue, tandis que s'arrêtaient les mouvements de mon sang.

Assez loin devant moi, mais comme si un verre grossissant en rapprochait tous les détails, s'étendait une arène grouillante. Dans cette étuve de sable épais parsemé de taches noirâtres, au sommet de hauts poteaux plantés en plusieurs rangs circulaires, vingt, trente, cent corps humains, entièrement nus et férocement ligotés, se tordaient, si atrocement mutilés que certains étaient réduits à l'état de troncs. Sans arrêt des hommes – mais était-ce des hommes, ces tortionnaires furieux, armés d'épieux, de fouets et de torches ? – couraient d'une potence à l'autre en traînant des paquets de chair fumants. Au centre, sur des sortes d'estrades, d'autres victimes nues et enchaînées s'entassaient, tirées, pressées par d'autres bourreaux munis de glaives et travaillant sans relâche. Des jambes, des bras gisaient épars, des têtes éclataient au milieu de ruisseaux de sang. Tout cela sous le jour sans issue de l'implacable *réalité*, écrasé par un morne silence, bien qu'il dût plutôt en jaillir d'épouvantables hurlements. (Mais peut-être la somme de ces cris était-elle égale à ce silence torpide, comme les trente kilomètres que nous parcourons chaque seconde à travers l'espace égalent, pour nous, l'immobilité.)

Je fermai les yeux et reparcourus lentement les quelques pas qui me ramenaient vers mes hôtes. Il me fallut respirer profondément avant de refermer précautionneusement la porte. Nul ne s'était aperçu de mon absence. Je ne devais pas cependant être parvenu à chasser complètement l'angoisse de cette vision, car il me sembla entendre l'une des jolies femmes présentes affirmer, en une phrase flatteuse, que ma pâleur convenait parfaitement aux délicieux prolongements que laissait en elle la conversation.

LES DEUX CLIENTES

J'étais assis à ma caisse quand une petite bonne femme ridée poussa en toussotant la porte de la boutique. Laissant aux soins d'une vendeuse cette intruse, j'allais me replonger dans mes comptes, lorsqu'une jeune fille très belle, fourrée et parfumée comme un bonbon, à son tour entra. Aussitôt je me précipitai pour la servir moi-même avec une affabilité non feinte. Tandis que je m'affairais près de la ravissante créature, l'employée, interrompant l'un de mes effets les plus sûrs, vint me chuchoter quelques mots à l'oreille. *Vous savez bien que tout est marqué à prix fixe!* répondis-je sèchement. Mais quand je vis la petite vieille faire demi-tour, mains vides, courbant un peu plus ses maigres épaules, j'eus quelque remords de ma brutalité. Trop tard! elle disparaissait déjà au-dehors. Mais à cet ultime instant je reconnus son visage. *C'est maman!* me dis-je. Alors laissant là ma cliente, je courus pour rattraper cette petite dame ridée qui était ma mère.

Elle s'éloignait, trottinant au bout du trottoir. Bientôt je fus à deux pas d'elle et n'osai la rejoindre. Comment justifier à ses yeux mon inqualifiable conduite? La brume tombait et sur le boulevard où nous avancions maintenant je craignais à toute seconde de voir disparaître la silhouette menue. Nous traversâmes un pont interminable et le brouillard augmenta encore d'intensité. Quand s'éloignait l'ombre devant moi, j'entendais retentir comme un signal sa pitoyable toux. Enfin et non sans surprise je pénétrai à sa suite dans une maison confortable entourée d'un jardin. Il devait s'être produit en cours de route un phénomène singulier car dès que nous fûmes entrés je ne reconnus plus la petite vieille de la boutique. J'avais sous les yeux une femme alerte, au regard brillant, au front couronné d'épais rouleaux bruns. Et cependant c'était toujours la même, c'était toujours maman. Elle me regardait comme sans me voir, le visage empreint d'une majesté que je ne lui aurais jamais soupçonnée. Je restai longtemps à la contempler. Elle paraissait heureuse et pas du tout misérable comme j'avais pu le croire.

Quand je la quittai venait déjà l'aube. Je rencontrai, après avoir marché un peu, une grosse femme qui fouillait dans une poubelle et me regardait en dessous d'un air courroucé. M'approchant, je reconnus en cette hideuse chiffonnière ma jeune cliente de la veille. Sans doute m'en voulait-elle encore de lui avoir faussé compagnie si brusquement. Où sommes-nous ? lui demandai-je, faisant semblant de ne pas la reconnaître. Et comme si par cette question je l'eusse profondément vexée, elle me toisa en lançant : *Nous sommes au ciel, Monsieur.*

JUDITH

Quel désœuvrement m'avait conduit dans ce théâtre poussiéreux aux lambris vétustes ? Si profonds étaient les fauteuils, éprouvés par des générations de spectateurs, que rien ne paraissait pouvoir vous en déloger. A travers plusieurs rangées de mines patibulaires, une ouvreuse au lugubre visage m'avait poussé jusqu'à l'un de ces pièges. La paupière pesante je restais là, malgré mon envie de fuir, accablé par les glapissements de deux cabotins qui, sur une scène maigrement éclairée, évoquaient irrésistiblement l'autruche et le rhinocéros du Jardin des Plantes. Tandis que je me demandais par quel prodige pouvaient naître, dans la cervelle d'un auteur, de telles insipidités, une torpeur sans nom m'envahissait et je finis par m'endormir.

Je me trouvai aussitôt transporté, en rêve, dans un autre théâtre.

Tout dans celui-ci respire le confort et le luxe. L'assistance nombreuse est suspendue aux évolutions de la merveilleuse créature dont l'extraordinaire *présence*, sur la scène brillamment éclairée, supprime décors et comparses. Ses membres frêles jaillissant d'un fourreau écarlate se meuvent avec une incomparable grâce. Son visage aux méplats dévorés par l'ombre, aux prunelles agrandies et fixes, semble n'être plus qu'un regard ailé. Chaque spectateur retient son souffle, s'applique à imprimer en lui, pour ne pas l'oublier, la vision de cet être de beauté. Le sérieux, le tragique même qui se dégagent de chacun de ses mouvements comme de l'expression de ses traits, éloignent toute pensée impure, vous plongent dans un état délicieux et cependant voisin de l'angoisse.

Mais que m'arrive-t-il ? Il me semble soudain, tandis que je m'efforce de lutter contre cette espèce d'envoûtement, que les yeux lumineux de l'actrice se sont posés sur les miens, que ses regards m'appellent. Mais oui, ce clignement combien significatif de la paupière, c'est à moi seul qu'il est destiné ! Toute la salle à présent me regarde, tant cette complicité qui se voudrait occulte est évidente à tous, et la gêne en moi bientôt l'emporte sur l'orgueil d'être l'objet d'une aussi désirable attention. Dans le but d'échapper à ce sentiment ambigu et en affectant l'indifférence, je demande à l'un de mes voisins :

– Que joue-t-on ?

Il se penche vers moi pour, j'imagine, me glisser tout bas dans l'oreille le titre de la pièce. Mais c'est de toute la force de ses cordes vocales qu'il crie deux mots dont je ne saisis que la terminaison :

– *Loferne ou Loferme...*

Ces syllabes, éclatant au milieu du plus grand silence, me réveillèrent en sursaut. La salle autour de moi était maintenant complètement vide, le rideau baissé, les lustres éteints. *On ferme, on ferme!...* criait une ouvreuse du côté de la sortie où seules clignotaient encore quelques lumières... Je me levai hâtivement pour quitter ce lieu sinistre dont s'emparerait certainement, avec la complète tombée des ténèbres, un sabbat auquel je ne tenais nullement à être convié. Mais comme je franchissais le vestibule d'entrée, la préposée au vestiaire m'interpella :

– Monsieur, Monsieur!... Une dame vous prie de la retrouver au café X.

– Vous dites? répondis-je, encore abruti de sommeil.

– C'est ça : Judith, reprit-elle. Mme Judith vous prie de la retrouver au café X.

Ne me rappelant aucune connaissance de ce nom, je crus à une méprise, mais ne m'en dirigeai pas moins aussitôt vers l'établissement en question, tout proche.

Dès l'entrée, je reconnus – sans oser le croire – celle qui m'attendait. C'ÉTAIT L'ACTRICE QUE J'AVAIS VUE EN RÊVE. Pâle, ses cheveux sombres encadrant son mince visage, elle était vêtue d'un tailleur rouge qui accentuait sa sveltesse. Un imperméable en matière plastique, dont elle tenait l'extrémité roulée à son poignet, luisait contre sa hanche, comme un glaive.

TABLE

ŒUVRES DE MARCEL BÉALU

ROMANS ET RÉCITS

Mémoires de l'ombre (Phébus)
Journal d'un mort (Phébus)
Contes du demi-sommeil (Phébus)
L'Aventure impersonnelle (Phébus)
Passage de la Bête (Belfond)
La Grande Marée (Belfond)
La Poudre des songes (Belfond)
La Mort à Benidorm (Fanlac)
Le Bruit du moulin (José Corti)
L'Expérience de la nuit (Phébus)
L'Amateur de devinettes (La Différence)
La Vie en rêve (Phébus)

POÈMES

D'où part le regard (Rougerie)
Poèmes 1936-1960 (Le Pont Traversé)
Poèmes 1960-1980 (Le Pont Traversé)
Choix de poèmes, précédé d'une étude par Jean-Jacques Khim et Yves-Alain Favre (Seghers, collection « Poètes d'aujourd'hui »)

Erreros (Fata Morgana)
Les cent plus belles pages de Marcel Béalu, préface de René Plantier (Belfond)
Paix du regard sans désir (José Corti)
Dans la loi hors des lois (Rougerie)

THÉATRE

L'Homme abîmé (Rougerie)
La Dernière Scène (Rougerie)
La Femme en cage (Rougerie)

ESSAIS ET CORRESPONDANCE

Dernier Visage de Max Jacob (Éditions Vitte, suivi de 220 lettres de Max Jacob)
Anthologie de la poésie française depuis le surréalisme (Éditions de Beaune)
Anthologie de la poésie féminine française de 1900 à nos jours (Stock)
La Poésie érotique en France (Seghers)
Le Chapeau magique, essai d'autobiographie, 3 vol. : *Enfances et Apprentissage – Porte ouverte sur la rue – Présent définitif* (Belfond)
Correspondance René-Guy Cadou – Marcel Béalu, 1941-1951 (Rougerie)
Le Vif, Notes et réflexions (Calligrammes)

Cet ouvrage
réalisé pour le compte des Éditions Phébus
a été mis en pages par In Folio,
reproduit et achevé d'imprimer
en octobre 1994
dans les ateliers de Roto Normandie Impressions S.A.
61250 Lonrai
N° d'imprimeur : I4-1915

Dépôt légal : novembre 1994
ISBN : 2-85940-347-7
ISSN : 0992-5112